Brigitte van Hattem

Zur Liebe

bitte

hier entlang

Kurzgeschichten

Impressum

Bibliografische Information der Deutschen Nationalbibliothek:
Die Deutsche Nationalbibliothek verzeichnet diese
Publikation in der Deutschen Nationalbibliografie; de-
taillierte bibliografische Daten sind im Internet über
http://dnb.dnb.de abrufbar.

© 2023 Brigitte van Hattem, Saarstr. 215 a, 76870 Kandel

Coverdesign: Giusy Lo Coco

Lektorat: K. Waldgott/vHVerlag Kandel
Korrektorat: K. Waldgott/vHVerlag Kandel

Herstellung und Verlag: BoD – Books on Demand,
Norderstedt

ISBN: 9 783757805562

„Liebe ist, was dich lächeln lässt,
wenn du müde bist."

(Paulo Coelho)

Inhaltsverzeichnis

BUSSI, BIS BALD!

Also, an mir lag es nicht! Ich bin um vier Uhr morgens aufgestanden, habe mir meinen gepackten Koffer gegriffen, bin mit dem Auto an den Bahnhof und dort in Zug Nummer Eins. Eine Stunde später stieg ich um auf Zug Nummer Zwei und von Frankfurt aus in einen Bus, der mich in einer zwanzigminütigen Schaukelfahrt zum Terminal 2 des Frankfurter Flughafens brachte.

Es war acht Uhr, als ich dort ankam. Geschafft! Um 10.15 Uhr sollte mein Flug nach Amsterdam gehen. Von dort aus wollte ich mit der Mittagsmaschine nach Inverness in Schottland weiterfliegen.

Schottland! Wie lange hatte ich davon schon geträumt. Ich wollte in den Hügeln und Bergen wandern gehen, mir den Wind um die Nase wehen lassen und mich gründlich von allem erholen, was mich in der letzten Zeit gestresst hatte. Nicht zuletzt von meinem Ex, der mich immer noch nervte, obwohl wir bereits seit über einem Jahr getrennt waren.

In der Abflughalle sah ich auf einer Anzeigetafel, welcher Drop-Off-Schalter für mich zuständig war. Ich hatte bereits am Vortag zuhause per Internet eingecheckt und musste nur noch meinen Koffer abgeben.

Der Schalter war schnell gefunden, doch es standen so viele Menschen davor, dass ich nicht wusste, wo ich mich einreihen sollte. „Wo ist denn das Ende dieser Schlange?", fragte ich daher eine freundlich aussehende Frau in der Warte-schlange. Sie lachte und zeigte fast ganz ans andere Ende der Halle: „Da hinten!"

Ich wurde blass, als ich erkannte, dass mindestens fünfzig Menschen vor mir dran waren, aber nur eine Frau den Drop-Off-Schalter bediente. Also, ich war pünktlich, sagte ich mir, während ich auf das Ende der Schlange zulief und mich einreihte. Ich war zwei Stunden vorher da. An mir lag es nicht. Wieso, zum Teufel, geht es hier nicht voran?

Kaum stand ich in der Reihe, stellten sich noch weitere Menschen hinter mir auf. Minuten-lang ging es nicht vorwärts und alle waren unruhig. Würde ich mein Flugzeug rechtzeitig erreichen? Konnte ich irgendetwas tun, was die Dinge beschleunigte? Nein, ich konnte nichts tun, und da ahnte ich schon, dass alles an diesem Tag schief gehen sollte.

Die Frau vor mir sprach auf ihre südamerikanisch aussehende Begleiterin auf Spanisch ein. Ein paar Brocken verstand ich, und plötzlich gefror mir das Blut in den Adern.

„Entschuldigen Sie", sprach ich die Frau daher auf Englisch an, „aber haben Sie gesagt, der Flug ist ausgefallen?"

„Ja", antwortete sie mir auf Deutsch. „Aber wir sprachen vom Flug gestern. Wir sollten eigentlich gestern schon nach Amsterdam fliegen, doch der Flug fiel aus. Wir waren den ganzen Tag am Airport, und keiner sagte uns Bescheid. Wir versuchen jetzt, in den Flieger um 10.15 Uhr zu kommen."

„Das versuche ich auch", sagte ich. „Aber bis jetzt sieht es noch nicht einmal so aus, als bekäme ich meinen Koffer hinein!"

Wir lachten ein verzweifeltes Lachen. Der Mann, der hinter mir stand, mischte sich in unser Gespräch.

„Sie wollen nach Amsterdam?", fragte er und wir nickten. „Ich möchte nach Paris!"

„Oh, wie schön, in die Stadt der Liebe", sagte ich dümmlich, denn er gefiel mir. Er hatte zwar Locken wie ein schlecht frisierter Pudel, aber ansonsten sah er ganz niedlich aus. Grünes T-shirt, Cargohose, sehr schlank, sehr attraktiv.

„Aber dafür haben sie keinen gesonderten Schalter", fuhr der Pudel fort. „Und da vorne ist immer noch nur eine Person mit der Kofferabnahme beschäftigt. Was sind das nur Zustände?"

„Wann geht denn Ihr Flug?", fragte ich freundlich.

„11.20 Uhr", antwortete der Mann.

„Da haben Sie ja noch Zeit", beruhigte ich ihn. „Wir fliegen 10.15 Uhr und mittlerweile ist es schon neun Uhr durch!"

Wir begannen über unsere Urlaubspläne zu plaudern, bis eine hochgewachsene Frau in kurzen Hosen und Trekkingrucksack an uns vorbeilief, mit einem Smartphone in der Hand und

Stöpseln im Ohr: „Der Flug nach Amsterdam hat zwei Stunden Verspätung", verkündete sie.

Tumult entstand. „Steht hier auf der Homepage der Airline", bestätigte die Frau und hielt das Handy in die Luft, um es zu beweisen.

„Dann verpasse ich meinen Anschlussflug", sagte ich alarmiert dem jungen Mann, mit dem ich eben noch geplaudert hatte.

„Fliegen Sie mit einer anderen Fluggesellschaft weiter?", fragte er.

„Nein, mit der gleichen", antwortete ich.

„Dann wartet das Flugzeug vermutlich auf Sie und alle anderen Weiterreisenden", versuchte er, mich zu trösten.

„Das macht ja noch nicht einmal die Bahn", murmelte ich missvergnügt.

Mittlerweile hatte sich die Schlange erst fünf Meter weiter vorbewegt und es war bereits halb zehn. Nun wurde es auch für den Mann in der Cargohose zeitlich eng. Wir sprachen uns gegenseitig Mut zu, bis eine Stewardess auftauchte und alle aus der Reihe zog, die nach Paris wollten – auch den Mann in der Cargohose. Er hob die Hand und winkte zum Abschied. Dann sah ich, wie die Stewardess ihn und die anderen an der Schlange vorbei an den Schalter führte, wo sie sofort abgefertigt wurden.

Wir Amsterdam-Reisenden standen mit offenen Mündern in der Schlange und wussten nicht wohin mit unserer Empörung.

Als der Cargo-Mann seinen Koffer losgeworden war, kam er jedoch zu mir zurück in die Schlange. Er drückte mir seine Visitenkarte in die Hand und sagte: „Ich heiße Ben. Ich würde gerne wissen, wie es mit dir so weitergeht ... äh ... heute. Vielleicht magst du mir ja Bescheid sagen?"

Ich nickte, hocherfreut. „Ich heiße Kirsten", sagte ich. „Ich schicke dir eine WhatsApp-Nachricht, okay? Dann hast du meine Nummer auch."

Er nickte, hob noch einmal die Hand zum Gruß und sah mich beim Abschied so lieb an, wie ich schon lange nicht mehr angesehen worden bin. Mein Herz hüpfte. Hatte ich schon erwähnt, wie attraktiv er war?

War das die berühmte Liebe auf den ersten Blick gewesen? Ich hob ebenfalls die Hand und rief ihm nach: „Bussi, bis bald!" Dann ließ ich die Hand erschrocken wieder sinken. Was war in mich gefahren? Bussi? Ich hoffte inständig, dass er das nicht gehört hatte.

Dann war er weg und ich stand immer noch in der Schlange. Nachdem nun aber alle, die nach Paris fliegen wollten, aussortiert waren, ging es auch bei uns schneller. Ich gab meinen Koffer ab, passierte den Zoll und ging in den für uns vorgesehenen Wartebereich.

Dort wurden wir in einen gesonderten Raum gelotst, wo uns offiziell mitgeteilt wurde, dass unser Flieger zweieinhalb Stunden Verspätung haben würde. Personalmangel, hieß es.

Personalmangel? Unglaublich! Aber immerhin konnte ich jetzt sitzen.

Ich holte mein Handy heraus und pflegte die Daten von Bens Visitenkarte in meine Kontakte ein. Benjamin Dörflinger, Esslingen. Mein Herz hüpfte. Das war nicht allzu weit von meinem Wohnort entfernt.

„Hallo, hier ist Kirsten", schrieb ich eine erste Nachricht an ihn, „ich hoffe, du sitzt schon im Flugzeug in Richtung Paris. Ich sitze noch in einem Wartebereich. Unser Flugzeug geht noch später als angekündigt. Personalmangel, sagen sie."

Dann steckte ich mein Handy weg, denn ich rechnete nicht mit einer schnellen Antwort, da ich ja wusste, dass er jetzt in einem Flugzeug saß und im Flugmodus keine Nachrichten empfangen konnte. Doch ich sollte mich täuschen. Noch während ich das Handy in das dafür vorgesehene Taschenfach schob, vibrierte es. Offensichtlich hatte er sich in das WLAN seines Flugzeugs eingewählt.

„Oh, das tut mir leid für dich", schrieb er. „Wir hatten einen holprigen Start, aber ich müsste um 13 Uhr ankommen. Hast du genug zu lesen dabei?"

„Ja", antwortete ich und schrieb ihm, welches Buch ich gerade lese.

„Den Krimi kenne ich", schrieb er zurück. „Das hat mir sehr gefallen, besonders der Schluss!"

„Nicht spoilern!", tippte ich und fügte ein lachendes Emoji an. „Liest du öfters Krimis?"

Und schon waren wir mitten in einem Austausch über die Bücher, die wir gerade gelesen haben und die Autorinnen und Autoren, die wir gerne mochten.

Schließlich schrieb er: „Ich muss meine WLAN-Verbindung ausschalten, wir sind im Landeanflug. Ich melde mich bald wieder!"

Missmutig steckte ich mein Handy nun tatsächlich weg. Bei uns im Wartebereich hatte sich nicht viel getan. Ich lehnte mich zurück und schloss die Augen, bis ich eine Stimme hörte, die sagte, dass wir nun in das Flugzeug einsteigen könnten. Es war bereits nach 13.30 Uhr. Selbst wenn wir jetzt in Windeseile nach Amsterdam flögen, wäre mein Anschlussflug vermutlich weg.

Wenig später saß ich in einem Flugzeug, aber es wollte einfach nicht abheben. Von unten kroch Kälte durch die Flugzeugkabine und mich fröstelte es.

„Nur weil man in einem Flugzeug sitzt, heißt es heutzutage anscheinend nicht automatisch, dass es auch losfliegt", beschwerte ich mich bei meinem neuen Freund Ben. Keine Antwort.

Als ich in Amsterdam ankam, erwartete mich das totale Chaos. Mein Anschlussflug war längst in der Luft, aber mein Koffer rollte nicht auf das Gepäckband. Ich war aber nicht die einzige, die jetzt ohne Plan B oder ihrem Gepäck dastand. Da gab es Mitreisende, die nach Südamerika, in die USA oder London fliegen wollten – nur waren ihre Flüge bereits in weiter Ferne.

Nachdem sich die erste Aufregung gelegt hatte, standen wir alle erneut in einer Schlange. Dieses Mal war es die Schlange vor dem Schalter der Fluggesellschaft.

„Gepäck weg, Flug weg, einhundert erboste KLM-Kunden an den Schaltern. Es geht weder vor noch zurück. Vermutlich verbringe ich die Nacht auf dem Flughafen", schrieb ich Ben, der sofort antwortete: „Du Arme. Das tut mir echt leid für dich. Wo du dich doch so auf Schottland gefreut hast. Sie müssen dich direkt umbuchen oder dir ein Hotelzimmer bezahlen, wenn du erst morgen weiterkannst. Ich drücke dir die Daumen!"

„Wie geht es dir?", fragte ich zurück, weil ich in der Schlange ja ohnehin nichts anderes machen konnte als mit meinen Smartphone spielen.

„Eigentlich ganz gut", kam es zurück. „Paris ist herrlich, das Wetter ist toll! Die Ferienwohnung, die ich angemietet habe, ist wirklich hübsch, nur viel zu groß! Schade, dass du nicht dabei bist. Ich könnte nette Gesellschaft gebrauchen."

Ich wurde rot. Ja, wir hatten in den letzten Stunden schon zu einem vertraulichen Ton miteinander gefunden und er gefiel mir wirklich sehr …, aber dass er das so direkt ausdrückte, machte mich verlegen. Gleichzeitig klopfte mein Herz wie wild.

„Ich wäre jetzt auch lieber mit dir in Paris als hier in der stickigen Flughalle in der Schlange vor dem Schalter", tippte ich mutig zurück.

Er schickte ein lachendes Emoji. Dann eins mit zwei Herzen an Stelle der Augen.

Langsam kam die Schlange vorwärts, denn hier in Amsterdam saßen mehrere Menschen an den Schaltern, um ihre havarierten Kunden zu versorgen. Der Mitarbeiter, vor dem ich schließlich stand, sprach nur Englisch und Niederländisch, aber mein Englisch ist ganz gut.

Ich hatte daher keine Mühe zu verstehen, dass ich heute nicht mehr nach Inverness in Schottland kommen würde, auch nicht über London, das habe er soeben geprüft. Erst am nächsten Nachmittag. Nein, ein Hotelzimmer könne er mir nicht anbieten. Das Kontingent wäre bereits erschöpft. Er könne mir nur einen Verpflegungsgutschein von 15 Euro anbieten und wenn ich auf eigene Faust eine Übernachtungsmöglichkeit fände, könne ich die Kosten der Fluggesellschaft in Rechnung stellen.

Also doch die Nacht auf dem Flughafengelände … Ratlos sah ich den Mitarbeiter an. Ich war völlig erledigt, denn ich war ja bereits seit vier Uhr morgens auf den Beinen gewesen und hatte eine Flugodyssee hinter mir. Doch der Mann am Schalter konnte nichts dafür. Genau genommen war er sogar sehr freundlich.

„Kann ich woanders hin umbuchen?", fragte ich spontan.

„Wohin möchten Sie denn?", fragte er zurück.

„Paris", sagte ich fest.

Der Mann zuckte die Schultern und schaute in seinen PC. Er tippte ein paar Dinge ein, wartete einen Moment und sagte dann: „Es gibt eine Nachtmaschine, die können Sie kriegen!"

„Und mein Gepäck?", fragte ich.

„Das schicken wir nach. Es kann aber ein paar Tage dauern."

Ich zuckte die Schultern. Der Tag hatte mich demütig gemacht. Die wichtigsten Dinge hatte ich ohnehin bei mir im Handgepäck: Zahnbürste, Deo, meine Papiere und eine wärmere Jacke.

Der Rest war schnell erledigt. Ich ließ mich umbuchen und schickte eine WhatsApp an Ben: „Ankomme 00.40 Uhr Flughafen Charles de Gaulle, Paris. Hat deine Ferienwohnung ein extra Zimmer für mich?"

Als Antwort kam ein bunter Emoji-Reigen zum Zeichen, wie sehr sich Ben freute. Und als ich in der Nacht in Paris ankam, hieß er mich mit einer einzelnen Rose willkommen.

Für uns erwies sich Paris tatsächlich als Stadt der Liebe. Das extra Zimmer, das er mir freigemacht hatte, brauchten wir nicht lange. Wir verbrachten unseren Urlaub zusammen und kamen uns näher und näher. So nah, dass wir mittlerweile zusammenziehen wollen. Und ich glaube, auch eine spätere Heirat ist nicht ausgeschlossen!

DES EINEN UHL ...

„Wir haben Hochzeitstag und feiern fünf Jahre Glück und Geborgenheit", stand auf der Einladungskarte, die Wiebke an diesem Morgen aus dem Briefkasten gefischt hatte. Unterschrieben war sie von Renate und Klaus, von denen Wiebke schon lange nichts mehr gehört hatte. Kein Wunder, denn sie waren bestenfalls flüchtig bekannt miteinander, aber dennoch war Wiebke diejenige gewesen, die die beiden zusammengebracht hatte – wenn auch aus eher eigennützigen Gründen.

Es war vor etwas mehr als sechs Jahren gewesen, als Wiebke zu einer Geburtstagsfeier eingeladen war. Ihre Kollegin Eva feierte ihren vierzigsten Geburtstag: Sie hatte einen Saal angemietet und ein rauschendes Fest geplant. Im Saal waren die Tische an den Wänden entlang in ein großes Quadrat gestellt worden.

Das Geburtstagskind saß mit ihrem Mann und ihrer Familie an der Stirnseite, während Wiebke die Tischkarte mit ihrem Namen rechts unten fand. Sie setzte sich und sah sich um. Da sie alleine zur Feier gekommen war, hoffte sie auf Bekannte, aber rechts von ihr saß ein ihr unbekanntes Ehepaar und auch die Dame links von ihr hatte sie noch nie zuvor gesehen. „Renate" stand auf deren Tischkarte.

Wiebke beugte sich zu ihr. „Sind Sie auch alleine hier?", fragte sie.

Renate nickte. Sie war etwa zehn Jahre älter als Wiebke, modisch und teuer gekleidet. Wiebke gefiel besonders die interessante Bobfrisur ihrer Nachbarin, durch die sich drei unterschiedlich gefärbte Strähnen zogen.

Bis das Essen serviert wurde, hatten die beiden Frauen bereits mehrere Gesprächsthemen angerissen. Dann saß Wiebke schweigend über ihrer Vorspeise, als sie das Gefühl hatte, beobachtet zu werden. Irritiert sah sie hoch. Ganz in der Nähe des Geburtstagskinds saß ein älterer Mann, der sie nachdenklich-amüsiert betrachtete. Er bemerkte, dass sie seinen Blick ertappt hatte und lachte sie an. Dann zwinkerte er mit dem rechten Auge.

Wiebke hielt die Luft an. Das ging ja wohl gar nicht! Was bildete sich dieser Typ bloß ein?!? Ihr zuzuzwinkern, als stünde sie ebenfalls auf der Speisekarte? Mit hochrotem Kopf drehte sie sich weg.

Als sie wenige Minuten wieder aufsah, erkannte sie, dass der Blick des Mannes noch immer auf ihr ruhte. Er lächelte und nickte ihr zu. Demonstrativ wandte sich Wiebke erneut weg, doch mittlerweile brodelte etwas in ihr. Dieser Mann war offensichtlich auf einen Flirt aus, aber doch nicht mit ihr! Wiebke hatte kein Interesse an diesem Mann!

Auch als sie das nächste Mal den Blick hob, fing Wiebke seinen ein. Er versuchte, ihr Handzeichen zu machen, zeigte mal auf sich, mal auf sie und dass man sich draußen vielleicht treffen könnte?

Wiebke biss sich auf die Unterlippe. Der Mann war ein hoffnungsloser Fall und merkte anscheinend nicht, wenn er keine Chance hatte. Sie wandte sich betont deutlich ihrer Sitznachbarin zu und machte ihr ein Kompliment: „Sie haben ein schönes Kleid an."

„Danke", antwortete Renate und errötete ein wenig. „Es ist neu. Ich habe es für den heutigen Abend gekauft. Es soll ja noch getanzt werden."

Wiebke nickte wissend.

„Es war nicht einfach, das Kleid zu finden", fuhr Renate fort. „Die meisten Cocktailkleider sind ärmellos, aber meine Oberarme sind nicht mehr so schön. Ich sage immer: ‚Man muss seine Schwachpunkte kennen', und habe deshalb nach einem Modell mit halblangen Ärmeln gesucht."

„Es ist toll", bestätigte Wiebke sie. Dann hatte sie einen Einfall. „Ihr Kleid zeigt auch schon Wirkung", behauptete sie.

„Wie meinen Sie?", fragte Renate.

„Da drüben sitzt ein Herr und versucht schon die ganze Zeit, Ihre Aufmerksamkeit auf sich zu ziehen."

„Echt?" Nun errötete Renate vollends. „Wo denn?"

„Von uns aus gesehen auf zwei Uhr", sagte Wiebke und Renate linste vorsichtig hinüber. Dann lachte sie und nickte dem Mann fröhlich zu.

Wiebke war verblüfft. So einfach war das gewesen? Dann lachte sie ebenfalls. „Gratuliere", flüsterte sie Renate zu. „Er ist nicht unattraktiv und das Alter passt ja auch, glaube ich."

Renate konnte vor Strahlen kaum sprechen. Für sie war es anscheinend Liebe auf den ersten Blick gewesen und von nun an hielt sie den Blickkontakt zu dem Fremden am Tisch des Geburtstagskinds.

Als das Essen beendet war und die Band zu spielen begann, stand Renate langsam auf und ging mit wiegendem Schritt auf den Mann zu, mit dem sie nun schon eine Viertelstunde lang geflirtet hatte. Nur wenige Minuten später entdeckte Wiebke die beiden auf der Tanzfläche.

Eine Viertelstunde später legte die Band eine kleine Pause ein und Renate steuerte mit hochrotem Kopf ihren Platz an. „Er ist toll", schwärmte sie Wiebke vor und ging vor lauter Glück einfach zum vertraulichen Du über. „Danke, dass du mich auf ihn aufmerksam gemacht hast. Oh, ich hätte ihn alleine nicht entdeckt, aber er ist ganz mein Fall. Soll ich ihn dir vorstellen?"

„Später vielleicht", antwortete Wiebke grinsend. „Lass ihn nicht so lange alleine. Wenn es so ein Goldschatz ist, solltest du ihm keine

Chance geben, noch eine andere Frau hier kennenzulernen!"

Renate nickte beglückt, winkte und ging wieder auf ihren Verehrer zu. Wiebke ihrerseits machte sich auf den Weg zum Geburtstagskind, um sich bei ihr für den netten Abend zu bedanken.

Als ein Wiener Walzer gespielt wurde, schwebte Renate in den Armen des Fremden an ihnen beiden vorbei. „Oh, mein Cousin hat Renate kennengelernt", lächelte Eva. „Die beiden passen prima zusammen. Dass ich da früher nie daran gedacht habe – die beiden sind schon so lange Single."

„Na, jetzt haben sie sich ja kennengelernt", grinste Wiebke.

„Ich hätte gar nicht gedacht, dass sie ihm gefällt", murmelte Eva vor sich hin. „Eigentlich dachte ich, dass du eher sein Typ wärst."

„Vielleicht ist das der Grund, warum er so lange Single war", scherzte Wiebke. „Möglicherweise hat er sich immer für die falschen Frauen interessiert und die Richtige nicht erkannt."

„Gut möglich", antwortete Eva und sie wechselten das Thema.

Renate und Klaus fanden an diesem Abend tatsächlich zusammen und machten schnell ernst. Kaum ein Jahr später feierten sie ein großes Hochzeitsfest, zu dem auch Wiebke eingeladen war.

„Weil du mich auf ihn aufmerksam gemacht hat", strahlte Renate Wiebke an, als sie die Einladung überreichte.

„Gern geschehen, ich freue mich für euch", sagte Wiebke und sah nun zum ersten Mal Klaus ins Gesicht. Er reagierte sichtlich nervös auf ihren direkten Blick, aber Wiebke lächelte friedlich und – zwinkerte.

MANCHMAL IST DIE LIEBE
BITTERSÜSS

Meine Ausbildung zur Hotelfachfrau machte mir großen Spaß und ich war froh, als ich danach übernommen wurde. Jetzt arbeite ich hauptsächlich an der Rezension und finde es spannend, täglich mit so vielen unterschiedlichen Menschen zu tun zu bekommen.

Das Hotel, für das ich arbeite, gehört zu den ganz großen Hotelketten. Zu uns kommen Gäste aus aller Welt. Ihre unterschiedlichen Sprachen, Gewohnheiten und Umgangsformen faszinierten mich schon immer. Ganz oft stelle ich mir vor, wie diese Menschen zuhause wohl leben, ob sie verheiratet sind, ob sie Kinder haben oder ob sie alleine sind und von der Liebe träumen ... Denn in meinen Vorstellen träumen wir ja alle von der Liebe ... bis wir sie endlich gefunden haben und für immer festhalten!

Ja, meine Vorstellungen sind sicher oft sehr romantisch und vielleicht auch naiv. Aber andere Menschen, das habe ich längst bemerkt, haben ganz andere Vorstellungen vom Leben und ganz andere Wünsche als ich. Deshalb ist es auch so aufregend, sich die Menschen in ihren privaten Umfeldern vorzustellen. Insbesondere, wenn unsere Gäste ein Tageszimmer reservieren.

Tageszimmer sind Zimmer, die – wie der Name schon sagt – tagsüber angemietet werden können, und nicht wie üblicherweise für die

Nacht. Die meisten Menschen brauchen das Zimmer für ein paar Stunden und dürfen es zwischen neun Uhr morgens und 17 Uhr am Nachmittag nutzen.

Natürlich sind wir deshalb kein schmuddeliges Stundenhotel, aber es kommt natürlich schon einmal vor, dass sich Menschen tagsüber ein Hotelzimmer buchen, weil sie es sich mit jemandem gemütlich machen wollen, von dem niemand wissen darf.

Aber viel häufiger werden Tageszimmer von Durchreisenden gebucht, die sich entspannen und zwischen zwei Flügen oder Terminen unter eine Dusche möchten. Sie besuchen unsere Spa-Abteilung, gehen ins Schwimmbad, in die Sauna oder in unseren Fitnessraum und ruhen sich danach ein wenig in ihrem Zimmer aus.

Da wir auch Seminarräume vermieten, werden die Tageszimmer oft genug auch von Seminarteilnehmern gebucht, die in den Pausen einen Rückzugsort und Ruhe brauchen, um das eben Gehörte und Gelernte zu sortieren.

Gelegentlich sind es auch Ehepaare, die sich einen Extra-Urlaubstag in unserem Hotel gönnen, den Spa-Bereich besuchen und danach … nun, wir wissen es nicht, aber wenn die Paare auschecken, sehen sie immer sehr entspannt aus.

Manchmal treffen sich bei uns auch Geschäftspartner, die aus unterschiedlichen Städten kommen. Sie bestellen sich Kaffee und besprechen ihre heikelsten Themen in einem unserer Tageszimmer.

Meiner Fantasie sind dabei keine Grenzen gesetzt. Ist das ein mittelloser Erfinder, der seine Ideen an den Mann bringen will oder sind beide Mitglieder einer der Mafia ähnlichen Organisation und besprechen brutale Auftragsmorde?

Ist die Frau mit der Entwurfsmappe unter dem Arm wirklich nur die extern arbeitende Grafikerin? Oder ist der Mann, der zwischen zwei Flügen einmal duschen wollte, von Beruf Sohn oder etwa ein Selfmade-Millionär, der sich jeden möglichen Luxus gönnt?

Das sind alles Dinge, die mich gar nichts angehen und so behalte ich meine Gedanken und Fantasien natürlich für mich. Vielleicht werde ich mir keine Gedanken mehr um andere Menschen und ihre Verbindungen machen, wenn ich selbst gefunden habe, was ich wie viele andere Singles in dieser Stadt suche: die große Liebe - bis dass der Tod uns scheidet.

Doch ein älteres Paar hat mir gezeigt, dass es nicht immer ganz einfach ist, bis zum Tod füreinander da zu sein. Das Schicksal dieser beiden hat mich tief berührt.

Am Anfang war es wie immer: Ein Mann ruft an und fragt nach einem Tageszimmer und lässt sich die Konditionen dazu erklären. In diesem Fall war es der Stimme nach ein älterer Herr, dessen Stimme gebildet und zurückhaltend klang.

Ich reservierte ihm ein Zimmer für den übernächsten Tag von elf bis fünfzehn Uhr.

Als er an diesem Tag vor der Rezeption stand, erkannte ich seine Stimme sofort wieder. Der Mann selbst war groß, lief ein wenig gebeugt und hatte weißes, schütteres Haar. Seine Augen wirkten intelligent, wenn auch ein wenig müde, doch in seinem faltigen Gesicht fand ich noch immer den attraktiven Mann, der er sicher einst gewesen war.

Er checkte ein und ich merkte mir seinen Vornamen: Herrmann. Wozu er das Zimmer wohl brauchte? Vermutlich für einen Seitensprung. Rentner, mutmaßte ich, während ich ihm nachsah. Vielleicht ein ehemaliger Beamter. Höherer Dienstgrad. Meine Fantasie war beflügelt.

An diesem Tag habe ich die Frau, die zu ihm gehörte, nicht gesehen, aber das nächste Mal, eine Woche später. Sie war dunkelblond, ein wenig füllig um die Hüften und eher unscheinbar, aber als sie mit ihm zur vereinbarten Zeit aus dem Aufzug kam und Herrmann auscheckte, strahlte sie auf eine Art, wie es nur Liebende tun. Eine zarte Röte lag in ihrem Gesicht und das Glück leuchtete nur so aus ihr heraus.

Herrmann hingegen lief mit wiegenden Schritten auf die Rezeption zu und er war so voller Tatkraft und Elan, dass ich ihn beinahe nicht wiedererkannt hätte. Lächelnd nahm ich seinen Zimmerschlüssel entgegen.

Von nun an kamen die beiden jeden Donnerstag in unser Hotel und zogen sich ohne weitere Wünsche in ihr Tageszimmer zurück.

Obwohl wir kaum miteinander sprachen, entwickelte sich zwischen Herrmann und mir eine Art unausgesprochener Vertrautheit: Die beiden gingen ganz offensichtlich fremd und ich war dabei irgendwie ihre Komplizin.

Ich versuchte, mir Herrmanns Frau vorzustellen: In meiner Fantasie war sie ein aufgeblasener Drachen, der ihn im Griff hatte. Seine sanfte, unscheinbare Freundin war das genaue Gegenteil.

Warum nur lässt er sich nicht scheiden, dachte ich mir, anstatt sich so heimlich mit dieser anderen Frau zu treffen? Ob sie wohl auch verheiratet war? Wahrscheinlich, denn sonst würden sie sich ja bei ihr treffen.

Mittlerweile wusste ich, dass Herrmanns Geliebte Elsa hieß, denn einmal hatte sie das Hotelzimmer abgesagt und hatte sich am Telefon mit ihrem ganzen Namen gemeldet. Es wäre ihnen etwas dazwischen gekommen.

Das nächste Mal waren beide wieder da und ich ließ meiner Fantasie weiter freien Lauf, was die beiden anbelangte. War Elsa vielleicht Herrmanns Jugendliebe, die mit seinem besten Freund verheiratet war? Doch warum trennte sich dann Elsa nicht?

In meiner jugendlichen Naivität dachte ich natürlich, wenn zwei Menschen sich lieben, muss

reinen Tisch gemacht werden. Jahrelang heimlich-
tun und fremdgehen kam für mich jedenfalls
nicht infrage.

Weil Herrmann und Elsa sich auch ein Jahr
später noch immer regelmäßig trafen, wurde ich
ihnen fast böse. Es ging mich natürlich noch immer nichts an, aber ich dachte mir: Wie können sie
das nur tun? Wie können sie ihre jeweiligen Partner so lange und so regelmäßig hintergehen?

Dass es im Leben und in der Liebe nicht
ganz so einfach ist, begriff ich erst ein paar Wochen später. Elsa war bereits in unserem Hotel angekommen, aber Herrmann war noch nicht da.
Statt alleine in ihr Tageszimmer zu gehen, wollte
sie in der Lobby auf ihn warten.

Als Herrmann nach einer halben Stunde
noch immer nicht gekommen war, ging ich zu ihr
und frage sie, ob ich ihr etwas bringen könne. Ein
Wasser? Einen Kaffee? Elsa schüttelte traurig den
Kopf.

Doch dann sah sie auf und sah mich direkt
an. „Es ist bestimmt etwas dazwischen gekommen", sagte sie dann und stand auf. „Wissen
Sie …", sie zögerte, doch dann gab sie sich sichtlich einen Schubs und fuhr fort: „… seine Frau ist
schwer dement und er pflegt sie zuhause. Alle sagen, er soll sie doch in ein Heim geben, aber das
will er nicht. Er hat ihr geschworen, bei ihr zu bleiben, bis dass der Tod sie scheidet. Und abschieben
will er sie auch nicht. Aber es ist schwer, das
durchzuhalten, wenn man selbst noch andere

Bedürfnisse hat. Wenn man selbst Kraft und Halt sucht …"

Elsa war ganz leise geworden. Ein tiefes Mitgefühl durchströmte mich und ganz intuitiv legte ich meine Hand auf Elsas Arm. Sie sprach weiter: „Natürlich kümmert sich auch ein Pflegedienst um seine Frau, und donnerstags noch eine zusätzliche Kraft. Aber möglicherweise ist etwas Schlimmes passiert …" Elsa zuckte hilflos mit den Schultern.

„Und Sie?", fragte ich leise. „Können Sie ihm immer die Kraft und Zuversicht geben, die er braucht?"

„Ja, und er gibt sie mir auch zurück", gestand sie errötend. „Mein Mann hat Krebs im Endstadium und braucht fast ebenso viel Pflege wie seine Frau. Manchmal, wissen Sie …" Elsa sah mich direkt an: „Manchmal ist die Liebe bittersüß und das mit dem ‚bis dass der Tod uns scheidet' gar nicht so einfach."

An diesem Donnerstag kam Herrmann nicht mehr, aber am Donnerstag darauf war alles wieder wie zuvor. Ich war erleichtert, denn mittlerweile hatte ich beide tief in mein Herz geschlossen und wünschte ihnen das Allerbeste.

Manchmal frage ich mich, wie sich die beiden wohl kennengelernt haben und gelegentlich male ich mir aus, wie das mit den beiden weitergehen wird.

Herrmann und Elsa haben mir gezeigt, dass das Leben nicht immer einfach ist und ganz oft, wenn ich andere Paare beobachte, höre ich noch einmal, wie Elsa mir sagt: „Manchmal ist die Liebe bittersüß ..."

NEUER ANLAUF GLÜCK

„Sie wünschen?" Die Frau hinter dem Tresen der Anzeigenabteilung sah Bernhard Hessler freundlich an.

„Ich möchte eine Anzeige aufgeben", sagte er verlegen und kramte dabei in seiner Hosentasche.

Die Frau hinter dem Tresen grinste. „Das dachte ich mir fast", sagte sie und hakte aufmunternd nach: „Etwa eine Kontaktanzeige?"

Bernhard nickte erleichtert. Schließlich fand er in seiner Hosentasche, was er gesucht hatte, und zog einen Zettel hervor: „Diesen Text bitte."

Die Frau nickte und zog den Zettel an sich. „Neuer Anlauf Glück", schrieb sie den Text ab. „Witwer, Ende 50, sucht sportliche, junggebliebene Frau für die zweite Lebenshälfte. Bin 1,82 groß, 80 kg, Nichtraucher. Spiele Tennis und wandere gern. Du auch? Dann schreibe bitte an Chiffre …"

Die Frau hatte den Text mitgemurmelt, während sie ihn in ein Formular übertrug. Dann nickte sie anerkennend und reichte das Formular Bernhard, damit er es unterschreiben konnte. „Ein schöner Text", lobte sie. „Ich wünsche Ihnen viel Glück!"

Es dauerte fast zehn Tage, bis die Anzeige erschien. Hannelore Lamey entdeckte sie, als sie ganz entspannt am sonntäglichen Frühstückstisch saß und in der Wochenendausgabe der lokalen Tageszeitung blätterte.

Die Überschrift „Neuer Anlauf Glück" sprach Hannelore sofort an. Neugierig las sie den Rest des Textes. Tennis, dachte sie, sehr sympathisch, heutzutage spielt ja kaum noch jemand Tennis. Heutzutage spielen die Leute Golf, fliegen mit einem Gleitschirm oder gleiten auf einem Stand-up-Paddle durchs Wasser. Hannelore, die selbst leidenschaftlich gerne Tennis spielte, beschloss, auf diese Anzeige zu antworten.

Möglicherweise wird das ja nichts mit dem neuen Anlauf und dem Glück, dachte sie skeptisch, aber es wäre auch schön, einfach nur einen neuen Tennispartner zu finden. Seit dem frühen Tod ihres Mannes hatte Hannelore nicht mehr gespielt, aber es war Zeit, wieder ins Leben zurückzukehren. Einen neuen Anlauf zu nehmen, genauso, wie es der unbekannte Inserent geschrieben hatte.

Bernhard hatte elf Zuschriften bekommen, von denen ihm drei gefielen. An drei aufeinanderfolgenden Abenden rief er eine Absenderin nach der anderen an. Wie die meisten Männer telefonierte er eigentlich eher ungern, aber er hatte schon oft die Erfahrung gemacht, dass man auch am Telefon feststellen konnte, ob die Chemie stimmte. Am Ende der drei Tage resümierte er, dass das Telefonat mit einer Frau namens Hannelore am spannendsten gewesen war. Sie hatten sowohl

zusammen gelacht als auch ganz leise Töne ange-
schlagen. Das Gespräch hatte fast zwei Stunden
gedauert und danach war ihm wohlig warm ums
Herz gewesen. Diese Frau wollte er unbedingt
kennenlernen!

Auch Hannelore hatte ein gutes Gefühl gehabt, als
sie den Hörer auflegte. Sie fand diesen Bernhard
sehr angenehm: seine Art zu sprechen, seine
Stimme, sein Humor. Hannelores Herz wagte es
sogar, einen Moment lang zu hüpfen, als Bernhard erneut anrief und sich mit ihr verabreden
wollte.

Hannelore dachte fieberhaft nach, wo sie
sich mit dem Unbekannten treffen wollte, und
schlug schließlich den Schlosspark vor. Sie würden ein wenig durch den Park schlendern und
wenn Bernhard ihr gefiel, konnten sie ja immer
noch einen Kaffee trinken gehen.

Bernhard war einverstanden und so trafen
sie sich an der dicken Eiche im Schlosspark. „Wie
schick sie ist", dachte sich Bernhard, als er Hannelore zum ersten Mal sah.

„Er riecht so gut", stellte Hannelore fest
und freute sich. Ein gepflegter Mann, der auch
noch Tennis spielte – was für ein Glücksfall!

Ihr Gespräch entwickelte sich leicht und
bald unterhielten sie sich angeregt, wobei sie zwei
Runden durch den Park drehten, ohne es wirklich
zu bemerken. Schon nach der Hälfte des Weges
wechselten   sie   vom   förmlichen   Sie   zum

vertraulichen Du. Schließlich entschieden sie, das Treffen im einem Café fortzusetzen. Nur: Das Schlosscafé am Park war aus unerfindlichen Gründen geschlossen. Sie mussten in die Stadt ausweichen.

Bernhard bot Hannelore an, sie in seinem Wagen mitzunehmen und hinterher nach Hause zu bringen. Hannelore überlegte einen Moment und stimmte dann zu. Was sollte schließlich schon passieren? Sie vertraute dem großen, ernsthaften Mann, den sie gerade kennengelernt hatte.

Leider war vor ihrem Wunschcafé kein Parkplatz frei. „Wie wäre es, wenn du aussteigst und uns einen hübschen Tisch sicherst, während ich noch einmal um die Ecken fahre, bis ich einen Parkplatz gefunden habe?", fragte er.

„Gute Idee", antwortete sie. „Also, dann bis gleich", fügte sie hinzu, sprang aus dem Auto und winkte zum Abschied.

„Ich beeile mich", rief Bernhard ihr aus dem Autofenster nach, bevor er links in die nächste Straße einbog. Es war eine Einbahnstraße, in der rechts Anwohnerparkplätze eingezeichnet waren, aber selbst von denen war keiner frei. Bernhard fuhr langsam und sah nach links und rechts, um ja keine Lücke zu verpassen. In diesem Moment schoss ein anderer Wagen rückwärts aus einer Parklücke und rammte Bernhards Heck.

Auch das noch!, dachte Bernhard, während er bis zehn zählte und sich zwang, ruhig durchzuatmen. Ihm war sofort klar, dass die

Unfallaufnahme seine Zeit dauern würde und er konnte nur hoffen, dass Hannelore auf ihn warten würde. Zu dumm, dass er die Handynummer von Hannelore noch nicht hatte und er ihr nicht Bescheid sagen konnte.

Tatsächlich erwies sich der Fahrer des anderen Autos als ein angetrunkener Jüngling, der sich den Wagen seines Vaters geliehen hatte und jegliche Schuld an dem Unfall abstritt. Bernhard seufzte und rief die Polizei.

Hannelore war unterdessen am Café angekommen und sah sich bereits im Eingang nach einem hübschen Tisch für sich und Bernhard um. Da entdeckte sie an der Theke eine Frau, die sie kannte. Es war Dorothea Wenzel, eine Nachbarin und die Else Kling ihres Wohnviertels. Erschrocken zuckte Hannelore zurück und ließ die Eingangstür wieder zufallen.

Sie hatte nicht damit gerechnet, diese Klatschbase in einem so edlen Café der Innenstadt zu treffen, aber da saß sie, an der Theke! Wenn Hannelore jetzt hineinginge, würde sie in ein Gespräch verwickelt werden und sobald Bernhard dazu kommen würde, hätte Dorothea ein neues Gesprächsthema für ihr Wohnviertel. Hannelore hörte förmlich schon, wie Dorothea allen erzählen würde: „Ich habe übrigens Hannelore in der Stadt getroffen. Sie war mit einem Mann dort! Stellt euch vor! Sie hat einen Neuen!"

Womöglich würde Dorothea auch übertreiben, wie es so ihre Art war. „Hannelore trifft sich in der Stadt mit Männern", wäre auch eine denkbare Klatschvariante. Hannelore hatte keine Lust, es darauf ankommen zu lassen. Sie würde vor dem Café auf Bernhard warten und ihn bitten, mit ihr in ein anderes Lokal zu gehen. Auf Dorotheas Kommentare konnte sie gut verzichten.

Hannelore stellte sich in die Hofeinfahrt neben dem Caféeingang und begann, auf Bernhard zu warten. Sie sah auf die Uhr und stellte sich auf eine zehnminütige Wartezeit ein. Doch im Verlauf dieser zehn Minuten wurde sie immer unruhiger. Kein Bernhard in Sicht.

Hannelore begann, an sich zu zweifeln. Sie hatten sich doch so nett unterhalten, oder etwa nicht? Sie wollten sich doch noch hier treffen, oder hatte Bernhard das nur behauptet, um sie loszuwerden? Aber warum sollte er sie dann mit dem Auto mitgenommen haben? Das machte doch dann gar keinen Sinn! Er hätte sie ja auch …

Hannelores Gedanken kreisten und kreisten. In der Ferne hörte sie wütendes Hupen, aber sie achtete nicht darauf. Schließlich dachte sie daran, Bernhard anzurufen, aber dann fiel ihr ein, dass sie seine Handynummer nicht hatte. Als Bernhard nach fünfzehn Minuten noch immer nicht in Sicht war, wurde Hannelore klar, dass er sie versetzt hatte. Enttäuscht, traurig und wütend zugleich ging sie zur Bushaltestelle und fuhr mit dem nächsten Bus nach Hause.

Es hatte ewig gedauert, bis die Polizei gekommen war, aber der angetrunkene Unfallfahrer war bis dahin längst verschwunden. Bernhard hatte seinen Wagen stehen lassen und die Unfallstelle abgesichert. In der schmalen Einbahnstraße führte das zu Staus und Behinderungen. Etliche Autofahrer hupten aggressiv, als könnten sie damit Bernhards Wagen in Luft auflösen.

Als die Polizei endlich da war, musste Bernhard seine Geschichte mehrfach erzählen. Dass sein Unfallgegner verschwunden war, machte die Sache nicht leichter. Schließlich hatte Bernhard das Gefühl, dass die Polizisten vor Ort ihm glaubten, zumal sie den Halter des Wagens herausfanden und mit dem Vater telefonierten. Dann nahmen sie akribisch alles zu Protokoll und empfahlen Bernhard, einen Anwalt aufzusuchen. Mittlerweile war über eine Stunde vergangen und Bernhard hatte wenig Hoffnung, Hannelore wiederzusehen. Dennoch suchte er erneut einen Parkplatz und hastete in das Café für den Fall, dass seine Verabredung doch noch dort sei. Doch statt Hannelore fand er nur verschiedene Paare an den Tischen und eine Frau mittleren Alters an der Theke.

„Entschuldigen Sie bitte", fragte er sie abgehetzt, „haben Sie hier eine Frau gesehen, schick, etwa 1,65 groß, brünett, halblanges Haar, mit einer großen Brille mit schwarzen Rahmen? Wann ist sie gegangen?"

Dorothea Wenzel schüttelte den Kopf. „Nein", antwortete sie verwundert. „Hier war keine Frau, die so aussah."

„Sie war möglicherweise nicht lange hier", sagte Bernhard mehr zu sich.

„Nein, hier war keine einzelne Frau und ich muss es wissen, denn ich sitze bereits seit zwei Stunden hier", beharrte Dorothea.

Bernhard war wie vor den Kopf geschlagen. Hannelore war gar nicht hier gewesen. Sie hatte ihn versetzt, während er einen Parkplatz gesucht hatte. Warum hatte sie ihm nicht gesagt, dass sie ihn nicht mehr treffen wollte? Hatten sie sich nicht prima unterhalten? War es nicht sogar ihr Vorschlag gewesen, sich noch in ein Café zu setzen? Verwirrt, niedergeschlagen und traurig verließ Bernhard das Café.

Als Hannelore zwei Tage später einkaufen ging, traf sie Dorothea im Supermarkt. Hannelore wollte der Klatschbase noch ausweichen und sich hinter der Käsetheke verstecken, aber es war zu spät, Dorothea hatte sie bereits entdeckt.

„Schön, dich mal wieder zu sehen", begann Dorothea gleich auf Hannelore einzureden. „An dich habe ich erst kürzlich denken müssen. Stell dir vor, da war ich in einem Café in der Stadt und da kam ein Mann rein und suchte eine Frau, die der Beschreibung nach du hättest sein können!"

„Ach ja?", fragte Hannelore und errötete. „Welches Café denn? Welcher Mann und woher weißt du, dass er jemanden gesucht hat?"

„Das Café in der Stadtmitte, du weißt schon, das mit dem goldenen Bogen über dem Eingang, mir fällt der Name jetzt nicht ein. Da war ich, um ein wenig mit Enrico zu flirten, du weißt schon, das ist der süße Typ hinter der Theke. Und wie ich da so saß, kam ein Mann rein und fragte nach einer Frau deiner Größe, schick, halblanges Haar und mit dunkelumrandeter Brille. So würde ich dich auch beschreiben!"

„So kann man mich und einhundert andere Frauen beschreiben", wiegelte Hannelore ab, aber ihr Herz hüpfte wieder. Er war doch noch dort gewesen! Er hatte sie gesucht! Sie hatte nur nicht lange genug gewartet! Hannelore wand sich aus dem Gespräch mit Dorothea, wickelte schnell ihre Einkäufe ab und rannte förmlich nach Hause. Sie wollte Bernhard anrufen, denn seine Festnetznummer hatte sie ja!

Zuhause angekommen, griff sie sofort nach dem Hörer. Als er sich meldete, musste sie erst tief Luft holen, bevor sie herausplatzte: „Hallo, hier ist Hannelore, ich wollte mich entschuldigen. Ich habe vorgestern wohl nicht lange genug auf dich gewartet, hatte gedacht, du hast mich versetzt, das tut mir leid."

Bernhard am anderen Ende der Leitung schwieg lange. „Nicht ich habe dich versetzt", sagte er gepresst, „sondern du mich. Ich habe nach dir gefragt. Man hat mir glaubhaft versichert, dass du gar nicht da gewesen bist."

Hannelore schwieg erschrocken. Ja, es musste ihm vorgekommen sein, als hätte sie ihn versetzt. „Das stimmt auch, ich war nicht im Café", gab sie zu. „Aber das heißt nicht, dass ich dich versetzt habe. Die Frau, die dir gesagt hat, dass ich gar nicht da war, das ist Dorothea, eine Nachbarin, eine Klatschbase, der hatte ich nicht begegnen wollen, daher habe ich draußen gewartet. Aber du kamst und kamst nicht." Bei dieser Erinnerung traten Hannelore tatsächlich Tränen in die Augen.

Auch Bernhard schluckte. Er stellte sich Hannelore vor, wie sie vor dem Café stand und auf ihn gewartet hatte, während er sich mit der Polizei herumschlug. „Nein, ich konnte leider nicht früher kommen", sagte er jetzt ganz weich. „Mir ist ein Betrunkener in den Wagen gefahren …"

„Ach Gott, ist dir etwas passiert?", unterbrach ihn Hannelore erschrocken.

„Nein, das nicht, nur Blechschaden, aber ich musste auf die Polizei warten, damit sie den Unfall aufnehmen konnte. Das ging alles so wahnsinnig langsam. Und ich konnte dich nicht anrufen, da ich ja keine Handynummer von dir hatte …"

„Ich finde, das sollten wir nachholen", sagte Hannelore, der nun eine Träne über die Wange rollte. Sie hatte sich so gedemütigt und verletzt gefühlt, als sie dort vor dem Café gewartet hatte – und er hatte stattdessen einen Unfall gehabt und nach all diesen Widrigkeiten noch nach ihr gesucht!

„Was, das Treffen?", fragte Bernhard mit hoffnungsvoller Stimme.

„Ja, das Treffen", antwortete sie, jetzt mit einem Lächeln in der Stimme. „Aber vielleicht nicht wieder in diesem Café. Wie wäre es, wenn wir uns stattdessen zum Tennisspielen verabredeten? Dann wäre schon einmal sichergestellt, dass wir nicht wieder Dorothea in die Arme laufen. Und wir tauschen am besten gleich unsere Handynummern aus, damit uns so etwas wie vorgestern nicht wieder passieren kann!"

Das taten sie dann auch. Sie trafen sich im Tennisclub, in dem Hannelore früher regelmäßig mit ihrem Mann gespielt hatte und zu ihrer großen Freude konnte sie es noch. Es war ein ausgeglichenes Match, das sie beinahe sogar gewonnen hätte.

Danach gingen sie zusammen essen und genossen die vertraute Stimmung zwischen ihnen, die schon alleine deshalb entstanden war, dass sie ihr erstes Missverständnis hinter sich hatten und es innerhalb kürzester Zeit hatten klären können. Würden sie auch in Zukunft über alles reden können?

An diesem Abend schien es so. Bernhard berichtete, wie es zur Trennung von seiner Frau kam und Hannelore erzählte vom plötzlichen

Herztod ihres Mannes, der sie so geschockt hatte, dass sie sich jahrelang zurückgezogen hatte. Sie hatten beide ihre Päckchen zu tragen gehabt und wussten, dass eine neue Beziehung das größte Geschenk wäre, das das Schicksal ihnen zu bieten hatte. Sie würden diese neue Chance beherzt ergreifen, aber ganz vorsichtig damit umgehen, da waren sie sich beide ganz sicher.

„Aber den kenne ich doch!" Dorothea Wenzel war völlig überrascht, als sie ihre Nachbarin Hannelore Hand in Hand mit einem Mann zu deren Wohnung laufen sah. Seit wann hatte die denn einen Freund? Verdutzt sah sie den beiden nach. Aber schließlich lächelte sie freundlich. Sie gönnte es ihrer Nachbarin, die so früh Witwe geworden war und so lange getrauert hatte. „Viel Glück", brummelte Dorothea, dachte an Enrico und summte leise vor sich hin.

DAS GRAS IST NIRGENDWO GRÜNER!

„Oh, Mann, hättest du diese Verpackung nicht gleich in den gelben Sack stecken können?" Ich war genervt. Immer, wenn mein Freund Martin etwas kochte, ließ er die Lebensmittelverpackungen, die Gemüseschnipsel oder das benutzte Besteck einfach da liegen, wo er es verwendet hatte.

„Ich mache das nachher sauber", sagte er immer, aber ich verstand nicht, warum er die Dinge nicht gleich dahin tat, wohin sie gehörten: in den Mülleimer, in die Geschirrspülmaschine oder eben in den Gelben Sack.

Für mich war das, als würde Martin sich unnötig Arbeit machen, schließlich legte er die Sachen erst einmal hierhin, um sie später einmal woandershin zu legen, anstatt sie gleich zu versorgen. Mich nervte das derart, dass ich meist die Sachen aufräumte, bevor Martin überhaupt dazu kam.

„Das ist eben meine Art, zu arbeiten", meinte Martin auch an diesem Abend, während er gerade eine spektakuläre Tomatensoße einkochte. Doch ich hatte nur Augen für das Chaos und war verzweifelt. Ich werde immer hinter ihm herräumen müssen, dachte ich. Will ich das? Will ich wirklich einen Partner, hinter dem ich herräumen muss?

Während ich meinen Blick über die schmutzige Spüle wandern ließ, fielen mir noch ganz andere Dinge ein, die mir an ihm nicht passten. Dass er so gar nicht auf meine Bitte einging, ordentlicher zu sein. Dass er im Streit verstummte und erst Tage später das klärende Gespräch suchte. Und, und, und …

Je mehr man sich mit negativen Dingen beschäftigt, desto größer und bedeutungsvoller kommen sie einem vor. In meinen Gedanken jedenfalls wurde die Liste von Martins Verfehlungen immer länger. Kein Gedanke daran, wie zärtlich er war, wie aufmerksam und wie witzig. Selbst die spektakuläre Tomatensoße zählte plötzlich nicht mehr.

„Ich mache Schluss", verkündete ich daher mit fester Stimme.

Martin drehte sich überrascht zu mir um. „Wegen einer liegengelassenen Nudelverpackung?", fragte er amüsiert, doch dann begriff er, dass ich es ernst meinte.

„Das war nur der Tropfen, der das Fass überlaufen ließ", sagte ich hart, packte meine Handtasche und verließ Martins Wohnung ohne ein weiteres Wort. Er stand da wie ein begossener Pudel – und ich flüchtete regelrecht.

„Oh", sagte meine Mutter, als ich ihr das erzählte. „Hast du dir das auch gut überlegt?"

„Ja", antwortete ich ein wenig schnippisch. Meine Mutter ist nämlich eigentlich auch meine beste Freundin, aber in Sachen Liebe wollte ich mir von ihr nicht dreinreden lassen.

Doch sie gab keine Ruhe: „Ich meine ja nur: Martin ist charmant, sieht gut aus, ist zuverlässig und häuslich. Er verdient gut, aber was am wichtigsten ist: Er vergöttert dich. Willst du das wirklich sausen lassen, nur weil er nicht gleich alles wegräumt? Lass dir doch vom Alltag nicht die Liebe vermiesen!"

Schon für diesen Satz hätte ich sie eigentlich küssen müssen, doch ich hörte gar nicht richtig zu. Ich war richtiggehend verbohrt in meinem Gedanken, das mit der Trennung gut durchdacht und richtig gemacht zu haben.

Außerdem hatte ich am Vortag einen neuen Außendienstmitarbeiter kennengelernt, der auch nicht schlecht aussah und mir gefallen hatte. „Andere Mütter haben auch schöne Söhne", antwortete ich daher.

Meine Mutter seufzte. „In den Niederlanden gibt es ein Sprichwort, das heißt: ‚Das Gras auf der anderen Seite des Hügels ist immer grüner'. Man glaubt, dass irgendetwas besser ist als das, was man hat. Aber man weiß es nicht." Sie sah mich eindringlich an. „Und wenn du mich fragst", fügte sie hinzu, „ist das Gras nirgendwo grüner."

Ich dachte nur kurz darüber nach, schlug dann aber ihre Warnung in den Wind. Ich war noch jung. Warum sollte ich nicht noch jemandem begegnen, der auch so toll war wie Martin – aber ordentlicher? Der mit mir leidenschaftlich stritt, bis die Fetzen flogen und dann noch leidenschaftlicheren Versöhnungssex mit mir hatte, anstatt sich verschlossen abzuwenden, sobald ein Konflikt im Raum stand?

Doch wenn ich ehrlich gewesen wäre, hätte ich zugeben müssen, dass ich Martin sehr vermisste. Er hatte so eine Art gehabt, mich anzulächeln, dass ich mich jedes Mal wie eine Königin fühlte: beliebt und begehrt.

Zudem war er immer sehr fürsorglich gewesen und hatte sich ernsthaft für meinen Tagesablauf, meine Freundinnen und Freunde, meine Gedanken und meine Gefühle interessiert. Der tägliche Austausch mit ihm fehlte mir sehr.

Dennoch wollte ich meinem Liebeskummer nicht nachgeben, denn ich war mir ja sicher, dass mir ein anderer Mann das alles auch bieten würde – und hoffentlich noch viel mehr!

Also umgarnte ich Alexander, den neuen Außendienstmitarbeiter, bis er mich schließlich fragte, ob wir nicht einmal zusammen ausgehen wollten. Ich freute mich riesig, aber dann wurde der Abend – gelinde gesagt – zur Katastrophe.

Wir wollten uns um sieben Uhr abends bei einem Italiener treffen, doch eine Zeitlang sah es so aus, als würde Alexander mich versetzen. Er tauchte nämlich einfach nicht auf.

Erst gegen halb acht – ich wollte bereits enttäuscht das Lokal verlassen – stürzte er herein, murmelte etwas von einem „wichtigen beruflichen Termin", der ihn aufgehalten hätte und setzte sich mir gegenüber.

Da lächelte ich noch höflich, aber mir fiel auf, dass er sehr nachlässig gekleidet war, was nicht zu seiner Ausrede passte. Hätte er bei einem wichtigen Termin nicht eher einen Anzug getragen als eine fleckige Jeans und ein verschwitztes T-Shirt?

Alexander bestellte für uns beide eine Flasche Wein, die er jedoch fast alleine trank. Ich blieb vorsichtshalber beim Mineralwasser und sah fassungslos zu, wie Alexander den Primitivo in sich hineinschüttete.

Überhaupt ließen seine Tischmanieren sehr zu wünschen übrig. Er aß die Pizza mit der Hand und sprach mit vollem Mund – und dann auch noch ausschließlich von sich!

Für diese Verabredung hatte ich mich extra hübsch zurecht gemacht, doch Alexander schien mich gar nicht zu sehen. Mehr noch: Ich schien ihn nicht wirklich zu interessieren. Er redete über seine geplante Karriere, seine Fitnessstudio-Mitgliedschaft, seine verflossene Liebe und seine letzte Lebensmittelvergiftung und deren Folgen.

Am Anfang saß ich dabei noch unruhig vor meiner Lasagne und fragte mich, wie ich das Date zu meinen Gunsten wenden könnte. Doch dann fiel mir auf, dass ich das gar nicht mehr wollte. Dieser Mann mir gegenüber war nichts weiter als leidlich gutaussehend, aber sonst ein Egomane – und langweilig war er auch noch!

Dumm war ich gewesen! Ich hätte jetzt mit Martin hiersitzen können! Martin, den ich wegen nichts und wieder nichts sitzen gelassen hatte. Es geschah mir recht, dass ich nun einem Vollpfosten gegenüber saß, der mir aus unerfindlichen Gründen einen Moment lang gefallen hatte.

Wie hatte meine Mutter gesagt? Das Gras ist nirgendwo grüner, im Gegenteil! Hier war von Gras weit und breit noch nicht einmal etwas zu sehen!

Die Frage war nur: Wie kam ich nun aus dieser Nummer wieder heraus? Sollte ich auf die Toilette gehen, meine Mutter anrufen und sie bitten, ihrerseits zehn Minuten später anzurufen und so zu tun, als gäbe es einen Notfall und ich müsse dringend nach Hause kommen? Der Klassiker übrigens bei verpatzten Dates.

Doch nein, meiner Mutter gönnte ich die Schadenfreude nicht. Ich musste das Problem selbst lösen.

Als ich nach meinem Toilettengang wieder an unserem Tisch saß – Alexander tat gerade seine politische Meinung kund – wühlte ich plötzlich ganz aufgeregt in meiner Tasche und schreckte dann auf: „Ich habe meine Singultus-Medikamente vergessen!"

Alexander sah mich mit offenem, wenn auch nicht leerem Mund verständnislos an. „Ich muss unbedingt nach Hause!", fügte ich hinzu.

„Was für Medikamente?", hakte Alexander nach. Es war die erste Frage, die er an mich richtete.

„Weißt du nicht, was ein Singultus ist?"

Alexander schüttelte den Kopf.

„Komisch, das war jetzt der erste vollständige Satz, den ich heute Abend gesagt habe, und schon gleich habe ich dich überfordert. Ich fürchte, das passt nicht mit uns, Alexander."

Alexander schluckte.

„Aber wenn ich diese Medikamente nicht nehme, könnte ich stundenlang Schluckauf bekommen!", fuhr ich grinsend fort, stand auf und ging.

Ein wenig plagte mich das schlechte Gewissen doch noch, ihn so abrupt mit der Rechnung sitzen gelassen zu haben, doch ich hatte eigentlich keine Zeit, darüber nachzudenken. Ich war nämlich vor allem sauer auf mich und traurig über den verschwendeten Abend und die Tatsache, dass ich ihn nicht mit Martin verbracht hatte.

Martin! Hatte ich wirklich erst mit so einem Flegel ausgehen müssen, um zu merken, wie sehr ich an ihm hing? Anscheinend!

Ich nahm mein Handy aus der Tasche und rief ihn an. „Ich bin so dumm gewesen", sagte ich, als er sich meldete. „Es tut mir leid. Könnten wir uns nicht wieder sehen?"

Zunächst antwortete Martin erst einmal nicht. Dann hörte ich ihn am Telefon tief einatmen. „Komm doch einfach vorbei", sagte er schließlich sanft.

Ich jauchzte und stand sieben Minuten später vor seiner Tür, wo ich stürmisch in seine Arme fiel. Wir hielten uns lange fest in den

Armen, bevor wir uns küssten, und ich spürte mit jeder Faser meines Herzens, dass ich ihn nie wieder loslassen wollte. Egal, wie unordentlich er war.

Und was den Versöhnungssex anbelangt, da kam ich voll auf meine Kosten.

Mutti war begeistert, als ich ihr davon erzählte. Also nicht vom Versöhnungssex, sondern von der Tatsache, dass Martin und ich wieder zusammen sind. Sie gratulierte mir zu meiner weisen Erkenntnis und fügte dann aber mit einem Zwinkern hinzu: „Aber denk' daran, das Gras ist nur dort grün, wo man es pflegt!"

DER KÜNSTLER

„Frau Schorlemer, die Post!" Mit diesen Worten legte die Verkaufsassistentin einen Stapel Briefe und Päckchen auf Irene Schorlemers Schreibtisch und verschwand wieder.

Irene seufzte. Es war ihr zwar eine Ehre, eines der fünfzig besten Einrichtungshäuser Deutschlands zu führen, aber andererseits wollte die Arbeit auch nie abreißen. So viel Post! Sie würde eine Stunde beschäftigt sein, sie zu sichten.

Das „Haus Schorlemer" stand für moderne, zeitgemäße Inneneinrichtung. Irenes Großvater hatte es nach dem ersten Weltkrieg gegründet und ihr Vater hatte es durch die Nachkriegswirren des zweiten Weltkriegs geführt. In den 1970-er und 1980-er Jahren verwandelte er das einfache Möbelhaus zu einem Anbieter exklusiver Wohnideen. Wer es sich erlauben konnte, im Haus Schorlemer einzukaufen, hatte es geschafft.

Zum Glück für Irene interessierte sich ihr Bruder Klaus nicht für das Geschäft, sondern nur für das, was es abwarf. Er war ein Abenteurer und umreiste lieber die Welt, anstatt sich um das Familienunternehmen zu kümmern. Während er sich in Neuseeland und Australien herumtrieb, übernahm Irene die Geschäftsleitung, sobald ihr Vater sich zur Ruhe setzte.

Als sie an diesem Montag die Post durchsah, fiel ihr ein großer Umschlag auf, in dem eine Kunstmappe steckte. Nanu, dachte sich Irene, was ist das denn? Neugierig betrachtete sie sich die Bilder, bevor sie das Begleitschreiben las. Es waren Abbildungen von großen Gemälden mit sinnlich-erotischen, aber auch modernen Motiven, die gut in die Musterwohnungen des Hauses Schorlemer gepasst hätten. Mit leuchtenden Farben und in einer Mischung aus Fotorealismus und Pop-Art stellte der Künstler Frauen aus aller Welt dar.

Interessiert nahm Irene den Begleitbrief zur Hand. „Sehr geehrte Frau Schorlemer", las sie, „Ihr Möbelhaus ist bekannt für Lebensart und exklusives Wohnen. Ich weiß, dass Sie in der Vergangenheit hin und wieder auch Bilder verschiedenster Künstler in Ihren Räumlichkeiten ausgestellt haben. Für eine solche Ausstellung möchte ich mich gerne bewerben, daher lege ich meine aktuelle Kunstmappe bei. In den vergangenen Jahren waren meine Bilder in Paris, Mailand und Madrid ausgestellt, aber jetzt sind sie zurück und ich würde sie gerne dem Publikum in meiner Heimatstadt präsentieren. Dazu könnte ich mir keinen schöneren Ort als Ihr Haus Schorlemer vorstellen. Was meinen Sie? Mit freundlichen Grüßen, Ihr Benno Burgmann."

Im ersten Moment war Irene begeistert. Diese Bilder an ihren Wänden – das konnte sie sich ausnehmend gut vorstellen. Es war ohnehin an der Zeit, wieder einmal eine Ausstellung zu eröffnen. Irene hatte sich die ganze Zeit darum gedrückt, weil ihr die Bilder, die ihr bislang angeboten wurden, langweilig vorkamen. Irgendwie war der Funke nie übergesprungen.

Aber diese Bilder! Ja, vielleicht würde sie mit dem Künstler handelseinig. Wie hieß er noch gleich? Benno Burgmann. Irene stutzte und las den Namen noch einmal. Und dann erinnerte sie sich ...

Es war Mitte der 1970-er Jahre. Irene war damals gerade siebzehn Jahre alt und ein verwöhnter Teenager gewesen - noch sehr weit von der taffen Geschäftsfrau entfernt, die sie heute war. Statt für die Schule zu lernen, besuchte sie Clubs, die man damals noch Diskotheken nannte, und war Stammgast in der Silber-Bar am Rathausplatz. Dort zierten die Bilder des jungen Benno Burgmann die langgezogenen, dunkelrot gestrichenen Wände.

Der Künstler war mindestens genauso oft Gast des Lokals wie Irene, die sich für den attraktiven Mann mit dem dichten, langen Goldhaar und dem verwegenen Kleidungsstil interessierte. Als Sprössling der Familie Schorlemer war sie stadtbekannt und sehr selbstbewusst, daher sprach sie ihn eines Abends einfach an. Sie unterhielten sich an der Theke, wobei Irene das eine oder andere Glas zu viel trank und ihn dann, beschwipst wie sie war, zu sich nach Hause einlud.

Tatsächlich fuhr Benno Burgmann sie an diesem Abend nach Hause, doch vor der Tür verabschiedete er sich freundlich von ihr, obwohl sie ihn noch zu einem Kaffee oder zu „was auch immer du möchtest" eingeladen hatte. Der Korb, den er ihr damit gegeben hatte, war überdeutlich, doch Irene hatte Benno nur für schüchtern gehalten. Erst, als er ihr ein paar Tage später in der Stadt entgegenkam und bei ihrem Anblick die Straßenseite wechselte, verstand sie, dass er kein Interesse hatte. Im Gegenteil. Er war ihr mit Absicht aus dem Weg gegangen!

Für die junge erfolgsverwöhnte Frau war das damals ein herber Schlag. Mit einer Schorlemer ging man nicht so um! Nicht in dieser Stadt! Irene war empört und fühlte sich zugleich zutiefst gedemütigt. In manchen Nächten sann sie auf Rache, aber aus Scham über diese Ablehnung sprach sie niemals mit jemandem darüber.

Doch wann immer sie im Laufe ihres Lebens einen Mann kennenlernte, der ihr gefiel, hütete sich davor, den ersten Schritt zu machen. Die Verletzung saß tief, auch wenn sie den Mann, der sie hatte abblitzen lassen, dann doch recht schnell vergaß.

Die Jahre waren vergangen. Irene hatte einmal geheiratet, doch noch bevor sie das Geschäft ihres Vaters übernahm, waren sie und ihr Mann der Ehe bereits überdrüssig geworden. Sie trennten sich freundschaftlich und Irene stürzte sich in ihre Arbeit.

In dieser ganzen Zeit hatte sie nicht mehr an Benno gedacht. Sie konnte sich auch gar nicht mehr an die Bilder erinnern, die damals an den Wänden der Bar gehangen hatten. Doch jetzt, nachdem er sie angeschrieben hatte, erinnerte sie sich wieder nur zu gut: Sie dachte an sein pfiffiges Gesicht, das von langen, blonden Locken umrahmt war, an seine gechintzte, schwarz glitzernde, eng anliegende Hose, an das weite Hemd, das bis zur Brust aufgeknöpft war, und an die Feder, die er verwegen als Ohrring trug.

Wie mag er wohl heute aussehen, fragte sich Irene. Auch für ihn waren über vierzig Jahre vergangen. Er schien sich nicht mehr an sie zu erinnern – hätte er ihr sonst eine so förmliche Bewerbung geschrieben?

Plötzlich kam Zorn in Irene hoch. Was bildete sich der Mann ein? Dachte er, er müsse nur eine Mappe mit seinen Gemälden schicken und schon stünden ihm alle Türen offen? Irene nahm die Mappe und warf sie in ihren Papierkorb.

Kaum zwei Stunden später tat es ihr leid um die schönen Abbildungen. Vorsichtig zog sie die Mappe wieder aus dem Abfall und strich die geknickten Seiten glatt. Dann sah sie sich die einzelnen Bilder der Reihe nach noch einmal an. Der Künstler hatte sich jedem Bildmotiv dezent genähert. Je länger Irene sich die Bilder betrachtete, desto besser gefielen sie ihr. Sie hätte sie gerne als Ausstellung in ihren Räumen hängen!

Es wäre eine win-win Situation für beide: Der Künstler hätte ein optimales Umfeld für seine Bilder, sie hingegen würde mit dieser Ausstellung neue Kunden ins Haus Schorlemer ziehen und damit ihr eigenes Geschäft beleben.

Würde sie über ihren Schatten springen können? Irene dachte nach, während ihre Hände auf der Kunstmappe lagen. Was war denn damals eigentlich so Schlimmes passiert, fragte sie sich schließlich. Ein Mann hatte sie nach Hause gebracht und freundlich „Nein, danke" gesagt, als sie ihm einen Kaffee oder etwas mehr angeboten hatte. Das hätte sie akzeptieren müssen, wie sie auch von Männern erwartete, dass sie das Nein einer Frau akzeptierten. Stattdessen war sie ihm aufgeregt winkend auf der Straße entgegengelaufen und hatte „Benno, Benno, hallo Benno, warte doch!" gerufen. Wie peinlich! Kein Wunder, dass er die Straßenseite gewechselt hatte.

Irene lachte laut auf. Man konnte alles von mehreren Seiten betrachten, das hatte sie im Laufe ihres Lebens gelernt. Es waren seither Jahrzehnte vergangen und es war müßig, sich zu überlegen, wer von ihnen beiden unhöflich und wer aufdringlich gewesen war. Jetzt war sie die Geschäftsführerin des Hauses Schorlemer und er war ein international bekannter Künstler. Irene sprang über ihren Schatten und schrieb ihm eine E-Mail, in der sie ihm ihr Interesse an seinen Bildern bekundete und ihn für den kommenden Donnerstagnachmittag zu einem Gespräch einlud.

An diesem Tag kleidete sich Irene betont kühl und elegant, konnte aber nicht verhindern, dass sie im Lauf des Tages immer nervöser wurde. Wie würde die Begegnung mit Benno ausfallen? War er alt und hässlich geworden? Oder eher unnahbar und arrogant? Vielleicht sogar ein wenig verrückt?

Den Mann, der sich schlussendlich als Benno Burgmann vorstellte, hätte Irene auf der Straße nicht wiedererkannt. So extravagant sich der Künstler früher gegeben hatte, so dezent kam er jetzt daher: Das nunmehr kurz geschnittene Haar war mittlerweile ergraut, wenn auch noch so dicht wie früher. Sein Gesicht war rundlich geworden und um die Augen lagen freundliche Falten. Der damals so schlanke Mann wirkte stämmig, die Hände abgearbeitet, aber dennoch gepflegt. Statt der gechintzten Hose trug Benno Jeans, das schwarze Hemd geschlossen und darüber eine Lederjacke.

Irene war überrascht und fragte sich, was wohl ihr Gegenüber sah. Auch sie war rundlich geworden und man sah ihr an, dass sie in den letzten Jahren viel zu viel gearbeitet und noch einmal so viele Entscheidungen getroffen hatte. Sie war müde geworden, wollte sich aber nichts anmerken lassen.

„Wir können gerne Du sagen, schließlich kennen wir uns von früher", sagte Irene. Sie sagte es sachlich, fast ein wenig unterkühlt, als sie im Besprechungszimmer angekommen waren und sich einander gegenüber gesetzt hatten.

„Daran erinnerst du dich?", fragte Benno überrascht, während er vorsichtig ein kleines, in Packpapier gewickeltes Päckchen auf den Tisch legte, das er bis dahin unter dem Arm getragen hatte.

Irene lachte höhnisch auf. „So eine Demütigung vergisst keine Frau", brach es hart aus ihr heraus. Zu dumm! Das hatte sie auf keinen Fall sagen wollen! Aber jetzt war es draußen und vergiftete die Atmosphäre.

Benno schien irritiert und sah sich nach der Tür um. Gleich würde er aufstehen und gehen, dachte Irene, aber er fing sich wieder und lächelte stattdessen. „Nun", begann er besonnen, „eine Frau warst du damals ja eigentlich noch nicht. Und ich hatte auch nicht vor, dich zu demütigen. Du warst die Tochter aus gutem Hause und ich war der arme Schlucker, der gerne ein Künstler sein wollte. Es war nicht abzusehen, wie weit ich es mit meiner Kunst bringen würde. Denkst du, dein Vater hätte eine Verbindung zwischen uns akzeptiert? Vermutlich nicht und dann wäre vielleicht ich derjenige gewesen, der gedemütigt worden wäre. Und außerdem ...", Benno senkte die Stimme, „du warst damals noch sehr, sehr jung!"

Das saß. Erneut erschienen Irene die Ereignisse an jenem Abend in einem anderen Licht. Sie war diejenige gewesen, die ihn hatte verführen wollen, doch er war nicht auf einen kurzen Flirt oder eine Liebelei aus gewesen. Irene sah Benno an und erkannte, dass er viel ernsthafter war, als sie ihn sich vorgestellt hatte. Plötzlich war ihr die ganze Sache peinlich und sie wünschte sich, sie hätte ihn nicht zu sich in das Haus Schorlemer eingeladen. Doch nun war er da. Irene räusperte sich und sagte: „Zu deinen Bildern ..."

„Gefallen sie dir?", fragte er ehrlich interessiert.

„Mir und dem Rest der Welt vermutlich", lachte sie.

„Das freut mich. Ich habe dir eins mitgebracht", sagte er und reichte ihr das kleine Päckchen. Verwirrt nahm sie es an sich.

„Mach es auf!", ermunterte Benno sie und sie zog an der Schnur, mit der das Packpapier umwickelt war. Das Päckchen enthielt ein Bild, das wohl aus Bennos früher Schaffensperiode stammte. Es war klein und in dunkleren Farben gehalten, zeigte aber deutlich ein Mädchen, das an einer Theke saß und sich mit einer Hand den Kopf abstützte, während es den Betrachter direkt anschaute. Das Mädchen war ein Abbild der jungen Irene. So musste sie an jenem Abend ausgesehen haben, als sie sich mit Benno unterhalten hatte.

„Es ist wunderschön", sagte Irene mit Tränen in den Augen.

„Du bist wunderschön", sagte Benno.

„Das ist lange her", wehrte Irene das Kompliment ab.

„Nein, ist es nicht", antwortete Benno. „Ich sehe das Mädchen noch ganz deutlich vor mir. Die Jahre haben dir vielleicht die Unbeschwertheit genommen, nicht aber deine Schönheit."

Irene war verlegen. Sie hatte großzügig über Bennos Verfehlungen hinwegsehen wollen, weil sie seine Bilder in ihren Räumen ausstellen wollte. Aber jetzt erkannte sie, dass er sich gar nichts hatte zuschulden kommen lassen. Im Gegenteil: Sie hatte ihn all die Jahre völlig falsch eingeschätzt!

„Zur Ausstellung ...", wich sie auf ein neutrales Thema aus. Er nickte und sie fuhr fort: „Wenn wir zügig in die Werbung gehen, könnten wir bereits in sechs Wochen die Vernissage veranstalten. Geht das bei dir?"

Sie waren sich schnell einig, aber eine Ausstellung vorzubereiten, dauert seine Zeit. Die Exponate müssen ausgesucht, ihre Ausstellungsplätze wohl gewählt werden. Das Umfeld, die Aufhängung und die Beleuchtung müssen stimmen, damit jedes Bild optimal zur Geltung kommen kann. Einladungen müssen gedruckt, Anzeigen geschaltet, Sekt und Häppchen bestellt werden.

Irene und Benno arbeiteten Hand in Hand. Sie trafen sich häufig und vielleicht lag es ja an ihrer gemeinsamen Vergangenheit, dass sie von Anfang an sehr vertraut miteinander umgingen. Es war eine arbeitsintensive, ganz besondere Zeit, in der sie sich näher kennen und vor allem gegenseitig schätzen lernten.

„Wie ist es dir eigentlich in der Zwischenzeit ergangen?", traute sich Irene irgendwann einmal zu fragen. „Ich meine privat. So zwischen Paris und Madrid …"

Benno zuckte mit den Schultern. „Viel Arbeit, viel Liebe, viele Zweifel, viel Erfolg – es war halt ein ganzes Leben zwischen damals und heute. Zu viel, um es in zwei Zeilen zu packen."

Irene nickte. Sie hätte gerne gewusst, ob er eine Frau oder Freundin hatte. Einen Ring trug er nicht. Aber sie wollte auch nicht nachhaken und beließ es dabei.

Am Abend der Vernissage war alles perfekt. Die Gäste kamen in Scharen, sahen sich um und gleich am ersten Abend verkaufte Benno zwei Bilder. Auch Irene konnte nicht klagen: Ein Kunde bestellte eine ganze Wohnzimmereinrichtung bei ihr.

Als der Trubel nachgelassen und die Gäste gegangen waren, stieß Irene mit Benno mit einem Glas Sekt auf den gelungenen Abend an. „Das haben wir gut gemacht!", sagte sie und strahlte.

„Ja, das stimmt", antwortete er und lächelte.

„Es stand keine Frau an deiner Seite …", wagte Irene, das Thema noch einmal anzuschneiden.

„Doch", antwortete er überrascht, „du warst doch da."

„Ja, da hast du natürlich recht", gestand Irene verlegen. Auch sie hatte an diesem Abend keine Begleitung gehabt, wenn man von ihrem

Vater absah, den sie extra hatte holen lassen und der sich sehr stolz auf seine Tochter gezeigt hatte.

„Ich habe nur ein Bild vermisst", wechselte Benno das Thema. „Wo ist die ‚Beauté au Bar', die Schönheit an der Bar? Sollte sie nicht hier am Kamin hängen?"

„Ja, das hatten wir zwar verabredet", gestand Irene, „aber dann habe ich mich doch dagegen entschieden. Ich wollte nicht, dass jemand das Bild sieht und mich womöglich erkennt. Das Bild hängt bei mir. Zuhause."

„Ah", sagte Benno und sah sie lange an. Die Luft zwischen den beiden knisterte.

„Im Schlafzimmer", fügte Irene tiefgründig hinzu. „Magst du es dir dort ansehen?" Mit dieser Frage imitierte sie ihr kindliches Ich von früher und lächelte kokett. Dann lachten beide.

„Gerne", antwortete er ernsthaft. „Jetzt bist du ja Gott sei Dank alt genug!"

URLAUB IN IRLAND

Ich hatte ewig keinen Urlaub mehr machen können. Erst war beruflich die Dauer-Hölle los und dann kam Corona. Doch schließlich hatte ich Glück: Irland öffnete sich wieder für Touristen und ich hatte eine Woche frei!

Der Wanderurlaub war schnell gebucht, der Koffer ebenso schnell gepackt. Ich hatte solche Lust zu verreisen!

Mehr noch: Ich hatte auch Lust zu flirten! Denn ich war die ganze doofe Pandemiezeit kaum unter Leute gekommen und hatte Nachholbedarf ohne Ende. Bestimmt wäre ich nicht die einzige, dachte ich mir, es wird doch wohl auch ein paar Männer geben, die auch gerne mal wieder eine Frau kennenlernen würden …

Bis ich endlich in Dublin ankam, hatte ich bereits drei FFP-2-Masken verbraucht. Ich arbeite alleine und war es nicht gewohnt, stundenlang eine Maske zu tragen. Sie störte mich sehr und ich wollte nur noch an die frische Luft. Doch erst musste ich am Flughafen meine Reisegruppe finden.

Dublin Airport hatte sich seit meiner letzten Reise sehr verändert. Die vielen Restaurants und kleinen Bars waren verschwunden. Vermutlich hatten sie sich in der Krisenzeit nicht halten können. Das dämpfte meine Urlaubslust ein wenig.

Auch das Lokal, vor dem wir uns treffen sollten, war unbeleuchtet und verlassen. Ich erkannte unseren Treffpunkt nur daran, dass ein Mann davor stand, der eine Karte mit dem Logo unserer Reisegesellschaft hochhielt. Um ihn herum standen drei Männer und eine Frau. Sie alle trugen eine Maske.

Ich ging hin, begrüßte den Reiseleiter per Kopfnicken und nannte meinen Namen. Er strich mich aus der Liste und hielt nach weiteren Reiseteilnehmern Ausschau.

Unterdessen sah ich mich um. Zu meiner Rechten stand ein Mann mit dunklen Haaren und Brille, dessen Gläser über der Maske angelaufen waren. Er lächelte mir freundlich zu, was ich an den Fältchen um seine Augen erkannte, und nickte. Ich nickte zurück.

Hinter mir hatte sich gerade ein älteres Ehepaar gesetzt. Der Mann schien von der Reise bereits völlig erschöpft zu sein. „Wie will der erst unsere Wanderungen durchstehen?", fragte ich mich und schaute in die andere Richtung.

Da war links vor mir, etwas weiter weg, der dritte Mann. Er war größer als der Mann zu meiner Rechten und durch sein kurzes dunkles Haar zogen sich bereits erste graue Strähnen. Das wenige, was ich von seinem Gesicht erkennen konnte, war markant und hager. Auch er nickte mir zu, aber es war ein ernsthaftes Nicken, nicht unfreundlich, aber auch nicht überschwänglich. Aber er hatte mich zur Kenntnis genommen, immerhin. In diesem Moment versuchte bereits der Mann rechts von mir, mich in ein Gespräch zu verwickeln.

„Ich heiße übrigens Manfred", begann er. „Ist es nicht überraschend heiß hier? Ich meine, für irische Verhältnisse …"

Da hatte er recht. Draußen schien die Sonne und ich wünschte mir nichts mehr, als hier nicht mehr stehen zu müssen, sondern nach draußen gehen zu dürfen und mir die Maske vom Gesicht zu reißen. Aber erst mussten wir natürlich auf die anderen warten, daher war ein wenig Smalltalk sinnvoll.

„Warst du schon oft in Irland?", fragte ich daher, denn es ist üblich, sich bei solchen Reisen zu duzen.

„Ja, aber es ist schon ziemlich lange her und …" Ich hatte mir mit meiner Frage leider einen Antwort-Marathon eingehandelt. Ach du liebe Zeit, dachte ich, das ist einer, der sich gerne reden hört.

Dennoch achtete ich genau auf seine Worte. Wenn man das Gesicht eines anderen nicht sieht, muss man sich anderswie ein Bild von ihm machen. Wie er sprach und was er sagte, klang gebildet und reflektiert. Das sprach wieder für ihn.

Während ich so beim Klang seiner Worte ein wenig meinen eigenen Gedanken nachhing, sah ich schließlich unseren Reiseleiter mit einer riesigen Gruppe Menschen zurückkommen. Sie alle trugen Masken, aber soweit ich auf den ersten

Blick erkennen konnte, waren es alles Frauen. Ich hatte also Konkurrenz bekommen. Schnell sicherte ich mir meinen Vorteil und sah Manfred aufmunternd an. „Es geht los!", sagte ich zu ihm und fädelte mich in die Gruppe ein, die langsam auf den Ausgang zuging.

Auf dem Weg zum Bus wurde die Gruppe aber immer schneller. Ich hatte Mühe, meinen Rollkoffer mitzuziehen, der randvoll mit Wandersachen, aber auch mit feiner Abendgarderobe war.

Im Bus nahm ich mir einen Sitz ganz hinten und stellte befriedigt fest, dass sich keine Mitreisende neben mich setzte. Manfred saß eine Reihe vor mir, aber ich sah betont weg. Eine weitere Ansprache über seine vergangenen Reisen wollte ich mir nicht antun.

Eine Stunde später kamen wir im Hotel an. Nach dem Einchecken und Auspacken trafen wir uns im Speisesaal wieder. Ich hatte mich hübsch gemacht und setzte mich an den Tisch, an dem bereits das ältere Ehepaar saß.

Keine Minute später stand der zweite fremde Mann an unserem Tisch und fragte, ob er willkommen wäre. Ich strahlte ihn an und nickte. Er nickte ernsthaft zurück, setzte sich neben mich und nahm dann seinen Mundschutz ab. Er sah aus, wie ich es vermutet hatte: ein wenig hager, aber sehr markant. Ein eckiges Kinn, aber weiche Lippen.

Zu meinem Glück fand auch der Reiseleiter Gefallen an unserem Tisch und saß mir gegenüber. Als er die Maske abnahm, staunte ich, denn er hatte einen großen, sinnlichen Mund mit vielen Fältchen um den Lippen. Als er sprach, gab er lustig hervorstehende Zähne frei, was ihn wie ein junger Rudi Carrell aussehen ließ. Da er auch groß und schlaksig war, passte das gut.

Natürlich wurde an diesem Abend viel geredet. Ich erfuhr, dass die Frau Steuerberaterin im Ruhestand war und ihr Mann trotz aller sonstigen Einschränkungen noch gut mitlaufen könne. Dass der Mann links von mir ganz in der Nähe meines Wohnortes lebte, was ein großer Zufall war. Er hieß übrigens Holger und war angenehm ruhig.

Der Reiseleiter hieß Andreas, war intelligent, witzig, schlagfertig und … verheiratet. Ich strich ihn sofort von meiner Flirtliste, denn auf Verwicklungen dieser Art bin ich nicht scharf. Zwar wünschte ich mir wirklich nur einen mehr oder weniger heißen Flirt, aber ich kann ja immer nur für mich die Verantwortung übernehmen. Was, wenn der andere mehr wollte als man selbst? Dann war es immer noch besser, es wäre nicht noch eine Ehefrau betroffen!

Außerdem rissen sich immer alle Singlefrauen um die eloquenten Reiseleiter und ich hatte keine Lust auf einen Wettbewerb. Dabei war dieser Andreas wirklich … also wirklich … ein kleines Sahneschnittchen!

Als ich gegen 22 Uhr den Speisesaal verließ, sprach mich Manfred an, ob ich mit ihm noch
in die Bar wolle. Ich wollte nicht. Ich war müde
und freute mich schon auf den nächsten Wandertag. Außerdem wirkte Manfred nicht mehr ganz
nüchtern. Immerhin: Ohne Maske sah er recht gut
aus. Er hatte ein Grübchen am Kinn, das sieht man
ja nicht mehr so häufig. Sehr neckisch.

Der erste Wandertag trennt stets die Spreu
vom Weizen. Die Steuerberaterin a.D. erwies sich
als angenehme Gesprächspartnerin. Eine Lehrerin
fand sich und ihre Meinung so wichtig, dass sie
sich stets lauthals in den Mittelpunkt stellte, aber
nach den ersten fünf Kilometern schwächelte sie
und musste mit dem Bus zurück ins Hotel. Dabei
wurde sie von drei Frauen und dem Ehemann der
Steuerberaterin begleitet.

Unsere nunmehr recht dezimierte Wandergruppe schritt allerdings unerschrocken weiter. Erst am Schluss gab es eine neue Herausfor-
derung: Wir mussten uns entscheiden, ob wir
noch auf einen Berg oder direkt zurück an die
Bushaltestelle laufen wollten. Die Gruppe teilte
sich, fünf wollten noch auf den Berg, Manfred und
ich zur Bushaltestelle mit Zwischenstopp am
Meer.

Wenn ich gewusst hätte, was dann auf
mich zukam, wäre ich noch mit auf den Berg ge-
stiegen. Eigentlich hätte ich ja auch gewarnt sein
müssen, aber ich hatte mir nicht wirklich vorstellen können, dass ein Mann, der mich erst

vierundzwanzig Stunden kannte, mir sein ganzes verkorkstes Liebesleben der letzten fünfzehn Jahre anvertrauen würde.

Ich möchte jetzt niemanden langweilen, daher nur so viel: Manfred war gerade dabei, sich von seiner Frau zu trennen und es gab viele Verletzungen, die er jetzt kundtun wollte. Sie habe ihn nie verstanden und Sex hätten sie auch schon seit der Geburt ihres Sohnes nicht mehr gehabt, was inzwischen fünfzehn Jahre her war.

Manfreds Klagelied war gespickt mit Zitaten, langweiligen Raum- und Mengenangaben und direkt mit seinem beruflichen Werdegang und dessen Wendungen verknüpft. Ein Epos auf vier endlosen Kilometern, ausschweifend und langweilig.

Als wir das Meer erreicht hatten, klingelten mir die Ohren. „Und was machst du so?", wollte er schließlich wissen, nachdem wir uns auf eine Parkbank gesetzt hatten, aber ich war bereits so erschöpft von seinem Gerede, dass ich ihn einsilbig abspeiste.

Während ich mich an diesem Abend schick machte, schärfte ich mir ein: Geh nicht an einen Tisch, an dem schon Andreas (Verwicklungen), Manfred (Redeschwalle) oder die Lehrerin (Arroganz und Dominanz) sitzen.
Es wurde mir leicht gemacht. Kaum hatte ich mein Hotelzimmer verlassen, stieß ich auf Holger. „Oh, so ein Zufall", sagte er, „wollen wir zusammen sitzen?"

„Sehr gerne", antwortete ich und auf dem Weg in den Speisesaal gestand er mir, dass er bereits ebenfalls eine Negativ-Hitliste von Reiseteilnehmern erstellt hatte, neben denen er nicht sitzen wollte. Manfred gegenüber war er neutral, aber die Lehrerin wollte er ebenfalls vermeiden. „Die meckert mir zu viel", sagte er und ich lachte.

Auch bei Reiseleiter Andreas wollte er nicht unbedingt sitzen: „Da kommen dauernd die Frauen und fragen ihn irgendwas, da kann man sich nicht mehr ruhig unterhalten", meinte er. In der Tat war Andreas sehr umschwärmt, obwohl er bei jeder sich bietenden Gelegenheit seine Frau erwähnte.

Wir ergatterten zwei Plätze bei der Steuerberaterin und ihrem Mann, von wo aus wir dem Treiben an den anderen Tischen gelassen zusehen konnten. Manfred hatte inzwischen ein anderes Ohr erwischt, das er heiß reden konnte. Es war eine Frau meines Alters, die schüchtern und ein wenig farblos wirkte. Bislang war sie in der Gruppe untergegangen.

Die Lehrerin beklagte lauthals das uns servierte Essen und Andreas musste ein paar Mal seine Mahlzeit unterbrechen, weil irgendwelche Reiseteilnehmerinnen Probleme mit ihrem Zimmer oder dem Kellner hatten.

Holger, dem älteren Ehepaar und mir hingegen schmeckte es, und wir verbrachten einen angenehmen Abend mit netten Gesprächen und viel

Cider, einem Apfelbier, das nur in Irland aus dem Hahn gezapft und ausgeschenkt wird.

Als wir den Speiseraum verlassen wollten, gab mir Manfred vom Nebentisch ein Zeichen, das ich als erneute Einladung in die Bar auffasste. Ich schüttelte den Kopf und tat so, als wolle ich direkt ins Bett, aber ich war bereits mit Holger auf einen Verdauungsspaziergang verabredet.

Wir trafen uns draußen und liefen ein wenig durch die Gegend. Bislang hatten wir uns den Bereich um das Hotel herum noch gar nicht ansehen können, aber das holten wir jetzt nach. Es war noch nicht ganz dunkel, als wir auf eine Kapelle und einen Friedhof trafen.

Ich liebe Friedhöfe!

Holger begleitete mich auf meinem Gang durch die Reihen. Dort, wo die Gräber schon älter waren, sah man viele keltische Kreuze, Obelisken und halb verwitterte, schief stehende Steine. Der Mond war mittlerweile aufgegangen und beleuchtete die mystische Stille.

An diesem milden Abend in Irland fühlte ich mich, als hätte ich schon seit Wochen Urlaub und wäre gut erholt. Ich stand auf dem Friedhof, wo der Vergangenheit gedacht wurde und spürte dabei die Gegenwart klar und deutlich.

Dieses Gefühl von Ruhe und Frieden kam auch von der Tatsache, dass Holger stets neben mir stand. Lautlos, standhaft, sicher. Als es dunkel wurde, nahm er meine Hand und wir gingen wortlos zurück ins Hotel.

Am nächsten Morgen begegneten wir uns wieder zufällig auf dem Flur, als wir zum Frühstück wollten. „Wollen wir nicht aus diesen Zufällen eine Verabredung machen?", fragte er grinsend, als wir zusammen in den Speisesaal gingen.

Da griff plötzlich eine kalte Hand an mein Herz: Wollte ich mich jetzt schon, am dritten Tag unseres Urlaubs, festlegen? Ich hatte mir einen Flirt gewünscht, aber doch nichts Verbindliches. Und Verabredungen waren verbindlich.

Doch dann sah ich Holger an und fragte mich, wovor ich wohl Angst hätte. Es gab niemanden in der Reisegruppe, den ich lieber an meiner Seite haben wollte und wenn es ihm so ging wie mir, dann sollte ich das ausnutzen.

Nur: Für einen Flirt war Holger viel zu seriös. Das war mir klar. Das würde eine ernsthaftere Liebesgeschichte werden.

Es folgte ein weiterer Tag mit einer Wanderung und noch einer und noch einer. Die Dynamik in der Gruppe entwickelte sich wie befürchtet: Um die laute Lehrerin hatten sich drei eher schüchterne Frauen geschart, die sie anbeteten. Unter ihnen war auch die Frau, der Manfred während des zweiten Abendessens das Ohr abgekaut hatte.

Manfred hingegen versuchte sich mit seinen Eheproblemen noch an ein paar weiteren Frauen, bis er auf eine Ärztin stieß, der er seine Cholesterinwerte vortrug.

Das Steuerberater-Ehepaar blieb weitestgehend für sich und auch Holger und ich wurden quasi unzertrennlich. Noch hatte es außer Händchenhalten nichts zwischen uns gegeben, aber wir zogen einander der Gesellschaft der anderen vor.

Nichts mehr und nichts weniger, dachte ich mir, aber dann merkte ich doch, dass ich mich an seine Anwesenheit durchaus gewöhnen könnte …

Am vorletzten Tag unserer Reise stand ein Tagesausflug nach Dublin auf dem Programm. Andreas scheuchte uns durch alle Sehenswürdigkeiten: Von der Nationalgallery ging es zum Trinity College, zu Patricks Cathedral und natürlich zur Temple Bar ins Künstlerviertel. Von dort aus durften wir die Stadt ein paar Stunden alleine erkunden.

„Wir gehen shoppen", schlug die Lehrerin freudestrahlend vor und verließ die Gruppe mit ihrem Gefolge.

„Wir verdrücken uns und gehen essen?", fragte mich Holger und ich sagte strahlend zu. Wir liefen etwas zackig von dannen, um eventuelle Verfolger abzuschütteln und suchten uns eine nette Ecke in der Nähe von Molly Malone, dem Denkmal der Fischerhändlerin aus dem gleichnamigen Folksong. Dort gab es ein Restaurant, das seine Tische draußen stehen hatte und uns ein erstklassiges Mittagessen servierte.

„Darf ich dich fotografieren?", fragte Holger, als wir einander gegenüber saßen.

„Warum nicht", antwortete ich verlegen.

„Oh, ich dachte eher, du fragst: warum?", witzelte er.

„Gut", sagte ich daher. „Also, warum möchtest du mich fotografieren?"

„Damit ich dich meiner Frau zeigen kann. Ich habe ihr gesagt, dass es bei dieser Reise nur eine nette Person gibt, und das bist du!"

Mir fiel die Kinnlade herunter. Holger war verheiratet! Damit rückte er aber früh heraus!

Alles hatte er mir erzählt, dass er Kakteen sammelte und wo er die teuersten her hatte, was er im Büro macht und auf welche Probleme er regelmäßig stößt, wo er einmal gerne mit mir wandern würde – wir wohnten ja schließlich nicht weit auseinander – welche Bücher er liest und wo er zur Schule ging: All das hatte er mir erzählt, aber nicht, dass er verheiratet war!

„Schau, das ist meine Frau", fuhr Holger fort und zeigte mir ein Foto auf seinem Handy. Ich starrte auf eine Frau in meinem Alter, die nett und gepflegt aussah und sicher ebenfalls nicht auf Komplikationen scharf war.

„Sehr hübsch", sagte ich anerkennend und zückte meinen Geldbeutel. Dann legte ich zwanzig Euro auf den Tisch und stand auf. „Ich glaube, ich würde doch auch gerne shoppen gehen", sagte ich, bevor ich ihn dort sitzen ließ. „Alleine."
Dublin ist groß und auch die Kaufhäuser sind riesig. Ich erstand ein T-Shirt mit V-Ausschnitt und der als Whisky-Emblem gestalteten Aufschrift

„Dublin" für mich und eins für meine beste Freundin.

Als wir uns am frühen Abend wieder am Bus trafen, war meine schlechte Laune verraucht, aber ich grübelte immer noch. Ich hätte ihn ja aber auch einmal dezent fragen können, dachte ich mir. Er hätte seine Frau aber auch einmal dezent erwähnen können, dachte ich mir ebenfalls. Andreas sprach dauernd von seiner Frau.

Andreas sprach dauernd von seiner Frau … Was wäre, wenn der eine seine Frau verheimlichte und der andere nur so tat, als wäre er verheiratet? Ach, egal, dachte ich dann. Morgen fliegen wir zurück. Der Urlaub ist vorbei. Ich hatte meine Chance gehabt.

„Wollen wir wenigstens heute noch an die Bar, einen heben?", fragte mich Manfred, als ich mich im Bus an ihm vorbeischlängelte. „Es ist unser letzter Abend und ich habe dir noch nicht von dem Roman erzählt, der meine Beziehung am intensivsten beeinflusst hat und den du bestimmt auch ganz toll finden wirst …"

„Ach, lass mal, Manfred", antwortete ich. „Ich habe selbst ein Buch dabei, das ich lesen möchte."

Dann setzte ich mich neben Holger, der mich überrascht ansah. „Hast du was Hübsches gekauft?", fragte er und ich zeigte ihm meine T-Shirts.

„Toll. So etwas hätte ich meiner Frau wohl auch mitbringen sollen", meinte er dann achselzuckend. „Daran habe ich gar nicht gedacht."

„Wir können heute Abend noch in Enniskerry schauen, ob wir etwas Ähnliches finden", bot ich ihm an.

Denn, Flirt hin oder her, er war mir eine Woche lang eine angenehme Begleitung gewesen und das sagte ich ihm auch, als wir uns am anderen Tag am Flughafen Frankfurt voneinander verabschiedeten.

„Danke gleichfalls", antwortete er. „Nicht auszudenken, wenn ich dauernd im Dunstkreis der Lehrerin hätte wandern müssen."

Wir lachten zusammen, nahmen uns in die Arme und verabschiedeten uns wie Freunde. Dann ging Holger in Richtung Gleise, denn er fuhr mit dem Zug weiter.

Ich nicht. Ich wurde abgeholt. Mein Mann stand schon in der Ankunftshalle und winkte aufgeregt. Gott sei Dank habe ich ihm nichts zu beichten, dachte ich und winkte freudig zurück.

DIE LESUNG

„Haben Sie an den Sekt gedacht?" Der Leiter der Stadtbibliothek war sichtlich nervös. Seine Frage war an seine Mitarbeiterin Christina Wittlich gerichtet, die nicht weniger nervös zu sein schien. Kein Wunder, denn am Abend sollte der Bestseller-Autor Erik Werner eine Lesung abhalten und sie erwarteten einen ungewohnt großen Besucherandrang.

Christina Wittlich nickte. Tatsächlich hatte sie den Sekt als allererstes besorgt, aber auch an Kaffee, Tee, Mineralwasser und weitere Kaltgetränke gedacht. Mit Hilfe des Hausmeisters hatte sie bereits die Stühle kreisrund um ein Stehpult und einen Sessel angeordnet und das Mikrofon eingerichtet. Erik Werner konnte kommen. Sie freute sich darauf.

Eric Werner schrieb eigentlich Liebesromane – ein Genre, mit dem Christina nicht unbedingt etwas anfangen konnte. Aber sie fand seinen Stil und seine Wortwahl edel und die Geschichten kreativ, wendungsreich und witzig.

Auch der Mann selbst gefiel ihr. Auf den Fotos sah er charmant und fröhlich aus, mehr wie der Moderator einer Spiele-Show und nicht so ernst und seriös, wie sich Schriftsteller sonst so gerne gaben. Christina freute sich wirklich sehr auf den Abend.

Dann ging wie immer alles ganz schnell. Alle Besucher schienen zur gleichen Zeit zu kommen, nur der Autor ließ noch auf sich warten. Jetzt wurden Christina und ihr Chef wirklich nervös. Christina wies die Gäste auf ihre Plätze, wobei sie „Herr Werner kommt gleich" wie eine Beschwörungsformel vor sich hin murmelte, mehr zu ihrer eigenen Beruhigung, denn zu der ihrer Gäste.

Sie hatte gerade eine ältere Dame an ihren Sitz gebracht, als sie im Umdrehen fast in Erik Werner hineinlief. Erschrocken trat sie einen Schritt zurück, wobei sie beinahe die Balance verloren hätte. Beherzt griff Erik zu und hielt sie am Arm fest. Dabei sahen sie sich die beiden tief in die Augen. Christina fühlte, wie ihr Herz klopfte und sie rot wurde. „Danke", hauchte sie schließlich und der Moment war vorbei. Erik ließ sie los.

Der Leiter der Stadtbibliothek war unterdessen an das Mikrofon getreten und begrüßte die Gäste. Dann sprach er ein paar Worte über den Autor und überließ ihm unter donnerndem Vorschuss-Applaus die Bühne. Erik übernahm das Mikrofon, begrüßte seinerseits charmant die Gäste und entschuldigte sich für sein Zuspätkommen: Er war im Verkehr stecken geblieben. Die Gäste lachten. Warum sollte es einem Bestseller-Autoren auch anders gehen als ihnen?

Schließlich setzte sich Erik in den Lesesessel, heftete das Mikrofon an einen Halter und begann, aus seinem jüngsten Roman vorzulesen. Mit seiner dunklen Stimme zog er seine Zuhörerschaft sofort in den Bann. Ein paar Frauen schlossen die

Augen und gaben sich ganz ihren Phantasien hin, während Erik über die Liebe, Irrungen und Wirrungen vorlas.

Christina hatte sich ganz hinten auf einen der letzten Sitzplätze gesetzt und betrachtete sich Erik aus der Ferne. Er sah noch jungenhafter aus als auf den Fotos, aber am meisten beeindruckten sie seine Augen: Sie waren himmelblau und hatten sie mit einer Intensität angesehen, die sie berührt hatte. Und auch seine Art vorzulesen, bewegte sie tief. Wer behauptete denn, Liebesgeschichten seien trivial? Die Liebe war das Salz in der Suppe des Lebens! Ohne sie wären wir alle verloren, dachte Christina.

Eine Stunde später klappte Erik sein Buch unter frenetischem Applaus zu und ging zur Signierstunde über. Christina schenkte Sekt aus, während viele Besucherinnen Erik umringten, ihm tausend Fragen stellten und sich mit ihm fotografieren ließen. Manche Frauen wurden dabei fast ein wenig aufdringlich und albern, fand Christina, doch das ging sie nichts an. Erik blieb freundlich und gelassen, während er die Bücher signierte, die sie ihm hinhielten. Die wenigen Männer, die zur Lesung gekommen waren, warteten am Ausgang auf ihre Frauen.

Als nach einer weiteren Stunde alle Fragen beantwortet und alle Bücher unterschrieben waren, sah Christina Erik die Anstrengung an. Sie wollte ihn daher nicht aufhalten, als er sich freundlich verabschiedete, sondern gab ihm ihre

Hand und lächelte. Da lächelte er auf eine Art zurück, die ihr den Atem raubte. „Auf Wiedersehen", sagte er, aber sie nickte nur, denn sie bekam kein Wort heraus.

Sie gestattete sich nicht, von ihm zu träumen. Vermutlich würde sie ihn nie wiedersehen, da gab sie sich keinen Illusionen hin. Er war immerhin ein angesehener Bestseller-Autor, sie nur eine kleine Bibliotheksangestellte – sicher gab es da ganz andere Frauen in seiner Umgebung. Zudem lebte er in Berlin, sie in Frankfurt und auch das waren keine idealen Bedingungen für ein Rendezvous.

Doch ein paar Tage nach der Lesung brachte ihr die Post ein kleines Päckchen. Es enthielt Eriks neuen Roman und war ihr gewidmet: „Für Christina. Ihr Lächeln hat mich bezaubert! Ihr Erik Werner." Im Buch lag eine Karte, auf die er ebenfalls mit der Hand geschrieben hatte: „Schade, dass wir keine Zeit hatten, mehr auszutauschen als ein Lächeln und einen langen Blick. Vielleicht holen wir das ja einmal nach?" Darunter hatte Erik seine volle Adresse und seine Telefonnummer notiert.

Christina holte vor Freude und Überraschung tief Luft, während sie gegen Tränen kämpfte. Er hatte ihr geschrieben, sein neuestes Buch geschenkt und ihr gewidmet. Und diese Karte!

Nicht, dass sie sein neuestes Buch nicht längst gelesen hätte, aber sie hatte es sich aus der

Bibliothek geliehen, in der sie arbeitete. Sie hatte sich deshalb schon lange keine Bücher mehr kaufen müssen. Jetzt hielt sie das geschenkte Buch wie einen Schatz in ihren Händen und mochte es gar nicht mehr weglegen. Ihre Gedanken rasten. Wie soll ich ihm antworten?, fragte sie sich. Einfach anrufen? Das bringe ich nicht fertig.

Nun, dann schreibe ich ihm auch!, dachte Christina schließlich und suchte sich zuhause die schönste Postkarte aus, die sie in ihrem Fundus hatte. Auf der Vorderseite stand ein Spruch von J.K. Rowling: „Ich glaube, dass magische Dinge passieren können, wenn man gute Bücher liest".

Auf die Rückseite schrieb Christina: „Lieber Erik, vielleicht war es an jenem Abend noch gar nicht nötig, mehr zu tauschen als diesen langen Blick. Vielleicht hätte das den Zauber verkürzt. Danke für das Buch und die Karte – sie tragen mich gerade durch den Tag!"

Darunter setzte sie ihren Namen und ihre Telefonnummer. Wenn er jetzt noch mag, dachte sie, dann kann er ja anrufen! Ihr war klar, dass sie ihm damit die Verantwortung für diesen Schritt zurückgab, aber sie schaffte es einfach nicht, selbst zum Hörer zu greifen und ihn anzurufen. Dazu fehlte ihr der Mut.

Aber das bedeutete nun auch, dass sie warten musste – und jeden Abend, wenn sie von der Arbeit nach Hause kam, sah sie auf ihrem Anrufbeantworter nach, ob er sich vielleicht schon gemeldet hatte. Aber drei Tage lang wartete sie vergebens. Erst am Samstagnachmittag, Christina wollte es sich gerade mit einer Tasse Kaffee und einem Stück Kuchen auf dem Balkon gemütlich machen, kam der ersehnte Anruf.

Christina hatte die ganze Zeit befürchtet, dass sie kein Wort herausbringen würde, so, wie es auch bei ihrer Verabschiedung nach der Lesung passiert war. Aber Eriks Stimme war ihr durch die Lesung so vertraut, dass Christina am Telefon gar nicht schüchtern war. Sie unterhielt sich mit Erik, wie sie sich mit ihrem Bruder unterhalten hätte: ganz natürlich und zwanglos.

Erik bedankte sich bei ihr für die nette Karte und entschuldigte sich, dass er sich so spät meldete. Er war noch auf einer Lesereise und gerade am anderen Ende der Republik. „Morgen fahre ich zurück nach Berlin, auf dem Weg komme ich bei dir vorbei", sagte er dann. „Magst du mit mir einen Kaffee trinken gehen?"

Christina jauchzte vor Freude. Der Jauchzer war ihr nur so herausgerutscht und sie hätte ihn gerne wieder zurückgenommen, aber da lachte er schon sein sympathisches Lachen, das sie mittlerweile so gerne hörte.

Als sie am nächsten Tag in die Richtung des Cafés ging, in dem sie sich verabredet hatten, bekam es Christina mit der Angst zu tun. Was soll das werden?, fragte sie sich, vermutlich hat er in jeder Stadt eine Bibliotheksangestellte, die ihn verehrte. Doch sobald sie das Café betreten hatte und in seine Augen sah, hatten sich all ihre

Bedenken in Luft aufgelöst. Sie vertraute ihm einfach, so wie sie ihrem Bauchgefühl vertraute, das ihr sagte, dass dieser Mann der Richtige für sie war!

Zunächst plauderten sie über Allgemeines, das Wetter, die Städte Berlin und Frankfurt. Persönlicher wurde es erst, als sie nach dem gemeinsamen Kaffee nach draußen ein wenig spazieren gingen und Christina nach seinem Leben als Schriftsteller fragte. Erik wurde ernst, holte tief Luft und sagte, dass er sich keinen einsameren Beruf als den des Autors vorstellen könne. Er wäre den ganzen Tag alleine mit seiner Phantasie und dem PC. „Ich schreibe von der Liebe, aber ich erlebe sie nicht. Das möchte ich gerne ändern", sagte er und sah Christina erneut tief in die Augen. „Es gibt Schriftsteller, die beenden einen Roman und stellen dann verwundert fest, wie groß ihre Kinder schon geworden sind", fügte er hinzu. „Das möchte ich nicht. Ich möchte mich binden und meine Kinder um mich herumspringen sehen, während ich schreibe."

Christinas Herz begann wieder zu klopfen, als sie dieses intime Geständnis hörte. Aber ihr fiel nichts ein, was sie dazu sagen konnte. Erik legte seine Hand auf ihre. „Das wäre mein persönlicher Lebenstraum. Und seit ich dich kenne, kommst du in diesem Traum auch vor. Ich habe jeden Tag an dich gedacht, seit wir uns das erste Mal gesehen haben. Wir kennen uns natürlich noch nicht, aber ..." Er hielt an, drehte sich zu

Christina und sah sie direkt an, „ich würde dich gerne kennenlernen. Näher kennenlernen. Magst du auch?"

Und wieder jauchzte Christina, dieses Mal ganz ungeniert, und danach fielen sie sich um den Hals und küssten sich.

POEL

Endlich angekommen! Maike stand am Strand der Ostsee und atmete tief ein. Ja, so roch das Meer! Wie sie es vermisst hatte! Fasziniert glitt ihr Blick über die Wasseroberfläche, die relativ friedlich dalag. Ein paar Schwäne gründelten in Ufernähe, in ganz weiter Ferne schipperte ein Kutter.

Maike hatte sich in der Vorsaison für eine Woche in einer Ferienwohnung auf der Insel Poel eingemietet. Sie freute sich auf diesen Urlaub: Er versprach Ruhe und Entspannung. Es waren erst wenige Touristen auf der Insel, denn zum Baden war es noch viel zu kalt. Doch für lange Spaziergänge am Strand entlang war es Maike warm genug.

Gleich am ersten Tag nach ihrer Ankunft startete sie vom Strand am Schwarzen Busch und lief nach Westen zum Leuchtturm der Insel. Für die viereinhalb Kilometer brauchte sie fast zwei Stunden, weil sie immer wieder anhielt und versonnen aufs Meer sah. Zudem war das Laufen im Sand beschwerlicher als das Laufen auf den Wegen.

Als Maike am Leuchtturm ankam, waren fast alle Cafés und Restaurants geschlossen. Für die wenigen Touristen hatte nur ein Italiener geöffnet und Maike bestellte sich dort eine Pizza, die sie mit gutem Hunger verspeiste.

Als sie frisch gestärkt zurück zum Strand lief, fiel ihr ein kleiner, verwaister Spielplatz am

Wegesrand auf. Ob sie wohl … Maike war so übermütig, dass sie es sich nicht verkneifen konnte, die Schaukel auszuprobieren. Wie ein kleines Mädchen flog sie durch die Lüfte, bis ihr schwindelig wurde, doch sie konnte einfach nicht genug bekommen!

Sobald die Kette der Schaukel auf dem höchsten Punkt zu Schlingern begann, bekam Maike es mit der Angst zu tun und sie versuchte, die Schaukel anzuhalten, indem sie ihre Füße in den Sand presste. Damit bremste sie den Schwung so abrupt, dass sie beinahe von der Schaukel geschleudert wurde. Ihre linke Hand rutschte ab und Maike hielt sich nun krampfhaft mit der Rechten an der Kette fest. Während ihr Körper von der Fliehkraft nach vorne gepresst wurde, verdrehte sie sich ihr rechtes Handgelenk, ließ erschrocken los und fiel vornüber in den Sand.

Das hatte sie nun davon!

Langsam berappelte sich Maike und lachte über sich selbst. Bis auf die verdrehte Hand war nichts passiert. Allerdings tat das Handgelenk höllisch weh. Maike versuchte, den Schmerz zu ignorieren und ging den Strandweg zurück zu ihrer Ferienwohnung.

Am nächsten Morgen war ihr Handgelenk dick, blau und berührungsempfindlich. Maike seufzte. Sie würde wohl der Inselärztin in Kirchdorf einen Besuch abstatten müssen.

Es war schwer, einen Notfall-Termin zu bekommen, und als sie in der Arztpraxis Platz genommen hatte, sah sie, dass sie nicht der einzige Notfall war. Ein Mann saß mit schmerzverzerrten Gesicht neben ihr und hielt den rechten Fuß merkwürdig ausgestreckt.

„Auch ausgerutscht?", versuchte Maike, ein Gespräch anzubahnen, doch dem Mann war nicht nach Plaudern zumute. „Gicht", antwortete er einsilbig und Maike nickte verständnisvoll. Sie war Ernährungsberaterin und wusste, dass ein akuter Gichtanfall die Hölle sein konnte. Es ist extrem schmerzhaft, wenn sich Harnsteinkristalle in Gelenke einlagern. Bei ihrem Nachbarn schien der rechte Fuß betroffen zu sein, vermutlich der große Zeh.

Als Maike aufgerufen wurde, ging es dann ganz schnell: Die Ärztin tippte auf Verstauchung, doch um einen Bruch auszuschließen, empfahl sie eine Röntgenuntersuchung auf dem Festland, was Maike ablehnte. Die Ärztin verschrieb Maike daraufhin eine entzündungshemmende Salbe samt Verbandsmaterial und ließ Maikes Hand verbinden. Danach kehrten Maikes Lebensgeister sofort wieder zurück.

Da sie nun schon einmal in Kirchdorf war, beschloss sie, sich den kleinen Ort genauer anzusehen. Nur wenige Meter von der Arztpraxis entfernt war die Touristeninformation, wo sich Maike ein paar Prospekte nahm. Dann erkundete sie den Friedhof, ein paar kleine Klamotten- und Souvenirläden und landete schließlich am kleinen

Hafen des Ortes. Dort setzte sie sich auf eine Bank und genoss erneut den Anblick des Meeres.

Mittlerweile war es später Nachmittag geworden. Maike hatte Hunger bekommen, doch die kleinen Fischbuden und Kneipen am Hafen sprachen sie nicht an. Sie hatte nur wenige Meter weiter ein Fischrestaurant gesehen, das wollte sie jetzt aufsuchen.

Als sie dort ankam, sah sie, wie ein Mann in der Auslade die Speisekarte studierte. Den kenne ich doch, dachte sie, und dann fiel es ihr ein: Es war der Mann mit dem Gichtanfall.

„Ich fürchte, hier sollten Sie heute nichts essen", sprach sie ihn erneut an.

Überrascht sah er auf. „Wie meinen Sie das?", fragte er irritiert, aber nicht unfreundlich zurück.

„Sie hatten doch einen Gichtanfall", sagte Maike. Der Mann nickte. „Nun, dann sollten Sie keine purinhaltigen Lebensmittel zu sich nehmen, zumindest nicht in nächster Zeit."

„Irgendetwas muss ich ja essen", sagte der Mann mit einem Anflug von Verzweiflung. „Und auf dieser Insel scheint es überall ausschließlich Fisch zu geben!"

„Ich habe dort hinten einen Italiener gesehen. Da gibt es bestimmt auch Pastagerichte ohne Purin." Maike lächelte, während der Mann seufzte.

„Gehen Sie mit mir da hin?", fragte er schließlich.

Maike überlegte einen Moment. Der Mann sah sympathisch aus und ein wenig Kontakt konnte im Urlaub nicht schaden. Die Woche wurde sonst vielleicht doch zu lang. „Gerne", antwortete sie daher und sah zu, wie der Fremde neben ihr her humpelte.

„Geht es noch nicht besser?", fragte sie.

„Doch, ein wenig", antwortete er. „Ich habe Medikamente gegen die Schmerzen bekommen und eins gegen die Gicht, aber sie wirken noch nicht zu einhundert Prozent."

„Das war auch nicht zu erwarten", lachte Maike. „Immerhin haben Sie schon wieder Hunger, das ist ein gutes Zeichen!"

„Gestern Abend hatte ich eine Riesenportion Muscheln", erzählte er. „Sie haben toll geschmeckt, aber gegen morgens um zwei Uhr hatte ich keine ruhige Minute mehr! Mein großer Zeh schwoll an und schmerzte höllisch. Gicht! Wer rechnet denn mit so etwas?!"

„Meerestiere, insbesondere Muscheln, enthalten viele Purine", erklärte Maike. „Wer erhöhte Harnsäurewerte hat, sollte da vorsichtig sein."

„Ich wusste nicht, dass ich erhöhte Harnsäurewerte habe", klagte Mann.

„Das sollten Sie zuhause nachuntersuchen lassen. Aber Sie waren bestimmt nicht der erste auf dieser Insel, der sich mit Meerestieren einen Gichtanfall einhandelte", tröstete sie.

„Das hat die Ärztin auch gesagt", lachte der Fremde auf. „Aber was ist eigentlich mit Ihrer Hand?"

„Verstaucht, auf dem Spielplatz", antwortete Maike.

Der Mann sah sie verwundert an. „Das müssen Sie mir genauer erzählen", sagte er und als die beiden beim Italiener saßen, tat Maike das auch. Aber erst, nachdem sie ihren Begleiter davon überzeugt hatte, heute keinen Wein zu trinken und eine Spinatpizza mit Mozzarella zu wählen. „Wir wollen ja nicht gegen die Medikamente arbeiten", sagte sie lächelnd und der Mann fügte sich in sein Schicksal.

Nichtsdestotrotz kamen sie ungezwungen ins Gespräch und gingen bald zum Du über. Oliver, so hieß der gichtgeplagte Patient, hatte ebenfalls eine Woche Urlaub auf der Insel gebucht, allerdings in einem Hotel am Gollwitzer Strand.

„Dort war ich noch nicht", sagte Maike, „ich bin erst den zweiten Tag hier."

„Ich auch und ich sollte morgen nicht allzu viel herumlaufen. Aber vielleicht magst du mich ja morgen besuchen kommen."

Am nächsten Tag lief Maike am Strand vom Schwarzen Busch entlang bis nach Gollwitz, wo sie sich mit Oliver traf. Am übernächsten Tag besuchte Oliver sie am Schwarzen Busch und fuhr mit ihr zum Leuchtturm, den er noch nicht kannte. Dann ließ er sich von Maike den Spielplatz zeigen und überredete sie, noch einmal mit ihm zu schaukeln. Langsam, genießerisch und mit beiden Händen fest an den Ketten.

Am Tag darauf ging es Oliver schon wieder so gut, dass die beiden erste Wandertouren zusammen unternehmen konnten. Bis zum Ende ihrer Urlaubswoche hatten sie die kleine Insel erkundet, sich gegenseitig ihr Leben erzählt und Gefallen aneinander gefunden. Ihr erster Kuss am Ostseestrand schmeckte nach Meer, doch Maike hatte Angst. Was war das? Eine Urlaubsliebelei? Oder könnte mehr daraus werden? Es war schwierig, denn sie lebte in Speyer, er in Düsseldorf.

Doch sie hatte nicht mit Oliver gerechnet. Gleich am nächsten Wochenende nach ihrem gemeinsamen Urlaub stand er mit einem Strauß Rosen vor ihrer Tür. Das Paar fiel sich in die Arme und Oliver flüsterte: „Ich würde dich am liebsten nie wieder loslassen! Wer soll mir denn bei der Auswahl meiner Lebensmittel helfen?"

„Und ich habe im Stadtpark eine Schaukel entdeckt", konterte Maike. „Wer soll die denn mit mir ausprobieren?"

„Ich", antwortete er, „diese und alle anderen Schaukeln, denen wir in Zukunft begegnen!"

NEIN DANKE!

Meine Schwester Tamara ist ein ganz anderes Kaliber als ich. Im Gegensatz zu mir war sie immer robust, abenteuerlustig, unbändig und unzähmbar. Ich hingegen war die liebe, brave, langweilige Tochter.

Sobald Tamara achtzehn war, hielt sie nichts mehr und sie bereiste die Welt. Von heute auf morgen war sie einfach weg!

Meine Eltern waren untröstlich und richteten jetzt ihre ganze Aufmerksamkeit auf mich und meinen Bruder Felix. Als Tamara verschwand, war ich erst vierzehn Jahre alt, doch ich hatte keine Chance, in der Pubertät zu rebellieren. Denn meine Eltern verglichen mich ständig mit Tamara und sagten Dinge wie: „Gell, du wirst einmal nicht so …"

Ich war ohnehin schon immer ein schüchternes, braves Mädchen gewesen. Jetzt bestärkten meine Eltern mich noch in dieser Rolle. „Gell, du rauchst nicht, nicht so wie deine Schwester …", musste ich mir anhören, oder „gell, du triffst dich nicht mit Jungs an der Straßenecke …"

Ich begann, Tamara zu hassen, die sich einfach davongemacht hatte und aus aller Herren Länder Postkarten oder WhatsApp-Nachrichten schrieb und kleine Filmchen schickte. Wie gerne hätte ich es ihr gleichgetan!

Doch noch hielt ich den Ball flach. Sie würden sich noch alle wundern, dachte ich mir, denn ich war auch mutig, auch abenteuerlustig … ich wollte nur warten, bis ich endlich achtzehn Jahre alt wäre.

Aber irgendwie verpasste ich wohl meine Chance. Ich wurde tatsächlich so brav und angepasst, wie meine Eltern es von mir erwarteten. Ich erlernte den Beruf der Buchhalterin und zog in eine kleine Zweizimmerwohnung, die ich spartanisch mit den von meinen Eltern geschenkten Möbelstücken einrichtete. Sollte ich jemals aufgemuckt haben, dann nur in Gegenwart meines jüngeren Bruder Felix. Ihn liebte ich zärtlich, während ich Tamara immer mehr hasste – und gleichzeitig beneidete.

Keiner von uns wunderte sich, dass Tamara in Australien einem Mann begegnete, den sie kurzerhand vor Ort heiratete. Wir, ihre Familie in Deutschland, waren gar nicht erst eingeladen. Wir wussten nur, dass der Mann Marvin hieß und als Ingenieur viel in der Welt unterwegs war.
Also noch so ein Abenteurer! Das passte ja.

Kennenlernen sollten wir ihn an Weihnachten. Denn nach all den Jahren des Herumreisens wollte Tamara zu einer Stippvisite nach Deutschland und ihren Marvin der Familie vorstellen. Wir sollten uns an Heiligabend bei unseren Eltern treffen.

Am Nachmittag fuhr ich noch schnell bei Felix vorbei, der in meiner Nähe wohnte und mit dem ich noch etwas besprechen wollte. Er begrüßte mich mit: „Du kommst gerade recht!", und führte mich in sein Wohnzimmer. Zu meiner Überraschung hatte Felix Besuch, und zwar vom atemberaubendsten Mann, den ich jemals gesehen hatte. Ich erstarrte.

Er sah aus wie der junge Brad Pitt, nur dass ihm alles Brave, Niedliche fehlte. Stattdessen hatte er etwas atemberaubend Leidenschaftliches, Verwegenes! Unter seinem hautengen Rollkragenpullover zeichnete sich ein Sixpack ab. Als der Mann mich ins Zimmer kommen sah, starrte er mich genauso an wie ich ihn.

Dieser intensive Moment dauerte ein paar Sekunden, in der mir nur ein Gedanke durch den Kopf schoss: „Der ist es! Auf den habe ich gewartet!"

Seine Augen blitzten, aber er sagte kein Wort, sondern starrte mich noch immer nur an. Es war, als wäre der Tanz eröffnet. Die Luft knisterte und wir hätten uns am liebsten leidenschaftlich aufeinander gestürzt.

Doch in diesem Moment ergriff Felix das Wort und sagte: „Ach, Nicole, ihr kennt euch ja noch gar nicht. Das ist Marvin, unser Schwager. Tamara ist gerade beim Friseur."

Ich schnappte nach Luft. Das also war unser bislang unbekannter Schwager! Der heißeste Mann der Welt – verheiratet mit meiner Schwester. Ich hatte sie schon immer um ihre Abenteuerlust und ihren Mut beneidet. Jetzt legten sich Neid und Eifersucht wie ein Schleier auf meine Sinne. Diesen Mann gönnte ich ihr nicht!

Um den Schein zu wahren ging ich brav auf ihn zu und gab ihm die Hand, die er fest und mit einem Augenzwinkern drückte. Mein Bruder bat uns an den Kaffeetisch, wo wir über dieses und jenes plauderten, aber es war eine gezwungene Stimmung. Dabei ließ Marvin mich nicht aus den Augen, was mir peinlich war. Das fiel doch auf! Mein Bruder war schließlich nicht blöd.

Nichts wie weg hier, dachte ich und verabschiedete mich. „Ich ruf dich an!", raunte mir Marvin beim Abschied zu, aber ich drehte mich weg und trat die Flucht an. Ich wollte fort – einfach nur fort von diesem Mann, der mich so magisch anzog.

Kaum war ich an jenem Weihnachtsnachmittag zuhause, klingelte das Telefon. „Ich bin in zehn Minuten bei dir", sagte Marvin, ohne seinen Namen zu nennen oder zu fragen, ob mir das recht wäre.

„Woher hast du meine Nummer?", fragte ich, aber er lachte nur und legte auf.

Er kannte wohl auch meine Adresse, denn er stand wirklich zehn Minuten vor meiner Haustüre: attraktiv und unwiderstehlich. Wir sprangen einander förmlich an und gingen augenblicklich miteinander ins Bett.

Das war ein Fehler und ich bete zu Gott, dass Tamara niemals davon erfährt. Es war ohnehin eine einmalige Sache, denn der Sex mit Marvin war eine einzige Pleite. Es fing damit an, dass er mich nach einem Gürtel fragte, kaum dass wir nackt nebeneinander lagen.

„Ein Gürtel?", fragte ich verständnislos.

Er lachte ein wenig in sich hinein und bis heute habe ich keine Ahnung, wozu er nach einem Gürtel gefragt hatte. Aber ich habe da so ein paar Ideen, denn Marvin mochte es anscheinend wild und seine Interessen gingen eindeutig in die Sado-Maso-Richtung. Ich hingegen mag es gar nicht, hart angepackt, gebissen oder gar geschlagen zu werden. Das machte ich gleich klar, nachdem er versucht hatte, mir mit einem festen Griff wehzutun.

Naiverweise hatte ich für meinen Teil auf ein leidenschaftliches, inniges Ineinander-Verschmelzen gehofft. In meiner Fantasie waren wir zwei Liebende, die sich einander lustvoll begegneten und ihre Befriedigung aus den intensiven, liebevollen und zärtlichen Berührungen zogen.

Marvin hingegen schien den Schmerz zu brauchen, um sich zu stimulieren. Dafür war ich aber nicht zu haben. Enttäuscht ließen wir voneinander ab und Marvin verschwand so eilig aus meiner Wohnung, wie er gekommen war.

Ein paar Stunden später war Heiligabend. Ich fuhr zu unseren Eltern, die jetzt erst Marvin kennenlernten. Natürlich waren sie ganz angetan von ihm.

Auch ich tat so, als wäre er eine Bereicherung für unsere Familie. Aber mich schauderte bei den Gedanken an seine Berührungen und ich sah meine Schwester plötzlich mit ganz anderen Augen. War alles Mutige, Draufgängerische an ihr immer nur die Sehnsucht nach Schmerz gewesen? Mochte sie es, hart rangenommen zu werden?

Dann hatte ich nie einen Grund gehabt, neidisch auf sie zu sein.

VOR DEM STURM

„Katja, du kannst das!" Mit diesen Worten versuchte Katja, sich selbst Mut zuzusprechen. Sie hatte in den letzten Wochen schon so vieles geschafft!

Zum einen hatte sie ihren Traumjob ergattern können, aber um die neue Arbeitsstelle antreten zu können, musste sie umziehen. Wieder hatte sie Glück und fand eine Wohnung in der Nähe ihres neuen Arbeitgebers. Mittlerweile war Katja umgezogen und hatte bereits fast alle Kisten ausgepackt. Heute stand ihr die größte Hürde bevor: ihr erster Arbeitstag!

Sie hatte sich so auf diese neue Stelle gefreut, doch jetzt überkam Katja eine Art Lampenfieber. Sie atmete tief durch, bevor sie sich vor dem Spiegel sorgfältig zurecht machte. Das Kleid, das sie tragen wollte, hatte sie bereits am Abend zuvor ausgesucht und aufgebügelt. Die Unterlagen, die sie brauchte, hatte sie in ihrer Aktentasche gerichtet, ebenso ihren Laptop – sicherheitshalber. Auch ein Vesperbrot hatte sie sich belegt und eine Flasche Wasser eingesteckt. Aber hatte sie wirklich an alles gedacht?

Ihr fiel noch der Gelbe Sack ein, der an diesem Morgen von der Müllabfuhr geholt werden sollte, aber ihn hatte sie bereits am Abend vor die Haustür gestellt. Katja sah sich in der neuen Wohnung um. Es gab nichts mehr zu erledigen, sie konnte gehen – dem neuen Job mit seinen neuen Kollegen entgegen!

Kaum hatte sie das Mietshaus verlassen, als sie durch eine Windböe an die Sturmwarnung erinnert wurde, die sie im Radio gehört hatte. Der Wind zerzauste ihr Haar und während sie sich schützend die Hände an den Kopf hielt, sah sie, wie ihr Gelber Sack munter die Straße auf und ab tanzte und dabei seinen Inhalt verlor.

Katja sah aber auch den Mann, der ihrem Sack hinterherjagte und ihn einfing. Dieser Mann entdeckte auch sie, winkte er ihr, sie solle stehenbleiben und während er sich auf sie zu bewegte, bückte er sich hier und da, um etwas von ihrem Müll aufzuheben.

Katja war wie gelähmt stehen geblieben. „Ich muss zur Arbeit", dachte sie nur, aber dann gab sie sich einen Ruck und ging dem jungen Mann entgegen, der mit dem zerfledderten Gelben Sack und einem breiten Grinsen auf sie zukam.

„Sie sind wohl die neue Nachbarin?", fragte er zur Begrüßung und deutete hinter sich auf die Straße, wo noch einige Inhaltsstücke ihres gelben Sacks herumlagen.

Katja nickte beklommen.

„Dann können Sie ja jetzt weiter aufräumen", meinte der Mann, der immer noch grinste, und er versuchte, Katja den Gelben Sack in die Hand zu drücken.

Katja wurde es heiß und kalt zugleich. Schließlich wollte sie am ersten Tag bei ihrer neuen Arbeitsstelle keinesfalls zu spät kommen. „Das ist mir jetzt schrecklich peinlich", murmelte sie zögerlich, „aber könnten Sie mir das abnehmen? Ich muss zur Arbeit und sollte pünktlich sein, es ist mein erster Arbeitstag. Ich ..."

Der Mann lachte und unterbrach sie: „Soso, Ihr erster Arbeitstag." Er nickte langsam, wobei er sie lange ansah. Katja wurde es unbehaglich. Sie wollte weg von hier, aber auch den Mann nicht einfach so stehen lassen, der ihr hinterhergeräumt hatte. „Da haben Sie aber Glück", sagte dieser Mann schließlich nach endlosen Sekunden, „ich habe nämlich heute frei, ich könnte Ihnen das abnehmen ..."

„Das würden Sie wirklich machen? Das ist aber echt nett. Danke!", strahlte Katja erleichtert.

„Aber nur unter einer Bedingung", antwortete der Fremde. „Sie laden mich in den nächsten Tagen zu sich zum Essen ein und ich zeige Ihnen dann, wie man einen Gelben Sack so sichern kann, dass er nicht wegfliegt!"

Katja nickte. „Wo finde ich Sie?", fragte sie.

„Sven Wagner", stellte er sich vor. „Ich wohne hier." Er deutete auf ein Mietshaus, das ihrem gegenüber stand.

Katja nickte, nannte ihren Namen und hastete schnell in die Tiefgarage, wo ihr Auto stand.

Im Weglaufen drehte sie sich noch einmal um und winkte ihrem Retter zum Abschied.

An diesem Abend kam sie wie gerädert nach Hause. Sie hatte es am Morgen zwar geschafft, einigermaßen pünktlich im neuen Büro anzukommen, aber da war sie schon ein wenig gestresst gewesen. Dazu kamen die vielen neuen Eindrücke, die sie letztendlich regelrecht geschafft hatten. Meine Güte, wie viele Vorstände und Vorstandsvorsitzende, Geschäftsführer und Manager konnte ein einziger Betrieb denn haben?, fragte sich Katja auf dem Heimweg.

Zudem hatte der Wind Fahrt aufgenommen. Aus den vereinzelten Windböen war über Tag ein heftiger Sturm geworden und Katja war froh, heil nach Hause gekommen zu sein. Sie warf einen Blick auf die Straße, konnte aber nirgendwo mehr ihren Gelben Sack oder dessen Inhalt entdecken. Ihr netter Nachbar hatte diesbezüglich ganze Arbeit geleistet. Dafür lagen abgebrochene Äste und Zweige auf der Straße, die der Wind mitgebracht und liegen gelassen hatte.

Nachdenklich stieg Katja die Treppen zu ihrer Wohnung hinauf. Wie hatte der nette Mann überhaupt geheißen? Sie erinnerte sich, dass er seinen Namen genannt hatte, aber weil sie ihn nicht notiert hatte und ihr Tag mit so vielen Eindrücken gespickt gewesen war, hatte sie ihn mittlerweile vergessen. Der Nachbar hatte auf das Haus gegenüber gedeutet, als er sagte, wo er wohnte, aber das war ein Mietshaus mit mehreren

Parteien. Katja würde ihn dort suchen müssen, wenn sie ihn zum Essen einladen wollte.

Da war sie schon bei ihrem nächsten Problem. Hatte der Mann nicht gesagt, sie solle ihn zu sich zum Essen einladen? Sie würde kochen müssen. Nicht, dass Katja nicht kochen könnte, doch für sich den Herd einzuschalten, war eine Sache - einen Fremden zu bekochen eine ganz andere! Darüber würde sie sich Gedanken machen müssen.

Am darauffolgenden Wochenende war Katja diesbezüglich noch keinen Schritt weiter. Sie hatte zwar auf der neuen Arbeitsstelle Fuß gefasst, aber der Name ihres freundlichen Nachbarn war ihr noch immer nicht eingefallen. Auch das Kochproblem war noch nicht gelöst.

Doch dann fasste sich Katja ein Herz und ging zum Miethaus gegenüber. Fünf Klingelschilder standen übereinander. Mutig klingelte sie beim untersten. Es dauerte eine Weile, aber schließlich öffnete ihr eine ältere Dame.

„Entschuldigen Sie bitte", begann Katja schüchtern. „Ich suche einen jungen Mann, der vergangenen Montag so freundlich war, meinen Müll aufzulesen."

Die Frau starrte Katja an, als wäre sie einer Irrenanstalt entlaufen, und Katja konnte es ihr nicht verdenken. Schließlich klang ihre Geschichte recht sonderbar. „Es hatte gestürmt, und mein Gelber Sack war nicht gesichert", fügte sie daher erklärend hinzu.

Doch die ältere Dame hatte anscheinend kein Interesse an Katjas Geschichten, denn sie zuckte mit den Schultern und schloss ihre Wohnungstür direkt vor Katjas Nase.

Nun gut, dachte sich Katja, dann versuche ich es eben ein Stockwerk höher. Sie stieg hinauf und klingelte, aber niemand öffnete. Im zweiten Obergeschoss öffnete eine Frau mittleren Alters, die offenbar eine ganze Horde Kinder zu Besuch hatte. Zumindest hörte es sich so an. War vielleicht ihr Mann Katjas Retter in der Not gewesen?

Katja erzählte ihre Geschichte und die Frau lachte. „Mein Mann war das bestimmt nicht. Der würde noch nicht einmal bemerken, wenn ihm ein Gelber Sack vor die Füße fiele. Nein, nein, das war bestimmt Sven von oben. Der ist immer so aufmerksam!"

„Sven?"

„Sven Wagner. Wohnt ganz oben in der Dachgeschosswohnung." Die Frau zeigte nach oben. Dann fügte sie verschwörerisch hinzu: „Es ist Samstagnachmittag, da wird er wohl zuhause sein. Möglicherweise sieht er Fußball, aber versuchen Sie ruhig Ihr Glück."

Die Frau zwinkerte und Katja lachte verlegen. „Danke", sagte sie und ging die Treppen nach oben, bis sie im obersten Stockwerk vor dem Türschild „Wagner" stand.

Sie holte tief Luft und klingelte. Keine Antwort. Sie klingelte erneut, wartete dann aber nur noch kurz und wandte sich schließlich zum

Gehen. Da hörte sie im Inneren der Wohnung ein Geräusch und jemanden der „Einen Moment noch!" rief. Schließlich hörte Katja Schritte. Sven Wagner kam an die Tür, öffnete sie einen Spaltbreit und spähte hinaus. Schließlich erkannte er Katja und über sein Gesicht huschte ein freudiges Wiedererkennen. „Da sind Sie ja endlich", sagte er.

„Ja", bestätigte Katja. „Ich wollte Sie zum Essen einladen und mir Nachhilfe in Sachen Gelber Sack geben lassen. Katja Klein."

„Weiß ich doch, Frau Klein. Sie kommen nur leider etwas ungünstig", sagte Sven ein wenig verlegen und kratzte sich im ohnehin schon zerzausten Haar.

Im Hintergrund hörte Katja ein helles Frauenlachen. Er hat also eine Freundin, dachte sie ganz automatisch und erst jetzt fiel ihr auf, dass dieser Sven durchaus attraktiv war.

„Sie schauen wahrscheinlich Sport, da wollte ich nicht stören. Aber haben Sie heute oder morgen Abend Zeit? Ich bin Ihnen ein Essen schuldig."

„Aber ja", antwortete Sven und sein Gesicht hellte sich auf. „Morgen Abend bei Ihnen?"

„Nein", antwortete Katja verlegen, „ich hoffte, Sie könnten mir ein nettes Lokal empfehlen, in das ich Sie einladen kann. Ich kenne mich hier in der Gegend noch gar nicht aus und würde mich freuen, wenigstens das eine oder andere gute Restaurant kennenzulernen."

Sven sah Katja wieder einmal lange an und auf seinem Gesicht erschien das gleiche Grinsen, das er hatte, als er ihren Müll zusammensammelte. „Sie können nicht kochen!", vermutete er und lachte laut auf.

Katja wurde rot: „So würde ich das nicht nennen", wich sie aus. „Vielleicht möchte ich auch einfach nur keinen fremden Mann in meiner Wohnung."

Sven nickte. „Okay, das verstehe ich. Ich hole Sie morgen um 19 Uhr ab und bringe sie zum besten Vietnamesen der Gegend. Sie zahlen. Und glauben Sie mir, es wird teuer."

Dabei grinste er wieder und sah dabei liebenswert und freundlich aus. Katja schluckte und nickte. „Ich freue mich darauf!", sagte sie und stellte fest, dass sie es genauso meinte.

Von diesem Moment an fieberte sie dem Sonntagabend entgegen. Sie war zumindest ebenso nervös wie vor ihrem ersten Arbeitstag. Mach dich nicht lächerlich, schalt sie sich aber selbst, er hat vermutlich eine Freundin. Vermutlich sogar eine, die mit ihm Sport schaut. Muss Liebe schön sein. Katja seufzte.

Andererseits hatte er ihr gefallen. Und selbst wenn ihr Nachbar Damenbesuch gehabt hatte, musste das ja nicht unbedingt etwas bedeuten. Schließlich hatte ihr die Frau, die unter Sven wohnte, zugezwinkert. Das war zweifellos aufmunternd gemeint. Aber zu was hatte die Frau Katja aufmuntern wollen? Doch eigentlich nur, dass sie ins Obergeschoss gehen und bei einem Herrn Wagner klingen sollte.

Ich darf da nicht zu viel hineininterpretieren, mahnte sich Katja. Schließlich setzte sie sich auf ihr Sofa und zwang sich zur Ruhe. Dass sie so durcheinander war und sogar das Augenzucken einer Fremden hinterfragte, konnte nur eins bedeuten: Sie war verliebt. Von Null auf Hundert in nur wenigen Minuten.

Ach du liebe Zeit, dachte sich Katja, als sie sich das eingestanden hatte. Reiß dich bloß zusammen, das muss der süße Nachbar gar nicht erst erfahren!

Es war genau 18.55 Uhr, als Sven an ihrer Tür klingelte. Katja hatte sich mittlerweile sorgfältig geschminkt und ein hübsches kleines Schwarzes angezogen. Sven lächelte anerkennend, als er sie so sah, aber er hatte sich ebenfalls in Schale geschmissen. Er trug eine schwarze Edeljeans, einen dünnen Rollkragenpullover und darüber ein dunkles Jackett. Seine Haare waren sorgfältig gegelt, aber das Grinsen in seinem Gesicht war noch immer das gleiche.

„Ist es okay, wenn wir laufen?", fragte er und sah auf die Highheels, die Katja trug.

„Wie lange laufen wir denn?", fragte sie misstrauisch zurück.

„Vielleicht zehn Minuten", antwortete er.

„Dann ziehe ich mal lieber flache Pumps an", seufzte sie und ließ Sven herein. Während sie die Schuhe wechselte, sah er sich in ihrem

Wohnzimmer um. „Brauchst du Hilfe beim Lampen aufhängen?", fragte er mit Blick auf die nackte Glühbirne an der Decke.

Dass er dabei zum Du übergegangen war, nahm Katja erfreut zur Kenntnis. „Ja", gestand sie. „Kennst du etwa jemanden, der jemanden kennt, der das vielleicht übernehmen könnte?"

„Nein", antwortete Sven und grinste wieder. „Aber ich könnte es machen. Vielleicht sogar heute Abend noch."

„Lass uns erst schauen, wie der Abend ausgeht", sagte Katja, aber insgeheim hüpfte ihr Herz. Am liebsten wäre sie gleich in ihr Schlafzimmer gegangen und hätte die Lampe, die sie dort selbst befestigt hatte, wieder abgehängt, nur, damit am Abend mehr für ihn zu tun war und sie ihn länger festhalten konnte.

Sie liefen von Katjas Wohnung aus um ein paar Straßenecken, bis sie vor einem winzigen Asia-Restaurant standen. Nachdem Sven seinen Namen genannt hatte, führte die zierliche Bedienung das Paar an einen kleinen Tisch, der in einer Nische stand. Sehr romantisch, dachte sich Katja und nahm sich fest vor, ihren Begleiter auf die Frau anzusprechen, die am Vortag in seiner Wohnung gelacht hatte.

Doch zunächst stöberten beide in der Speisekarte. Im Gegensatz zu Svens Ankündigung gab es auch sehr preiswerte Gerichte auf der Karte. Doch Katja war in Feierlaune und suchte sich unter den Meeresfrüchten etwas Edleres heraus: die Nummer 95, gebratene Hummerkrabben mit Gemüse, Gewürzbohnen und Knoblauch. „Scharf" hatte der Küchenchef dahinter geschrieben. Aber war es wirklich sinnvoll, jetzt etwas mit Knoblauch zu bestellen?

In diesem Moment hob Sven den Kopf und sagte: „Ich würde gerne die Nummer 95 bestellen. Aber da ist Knoblauch drin. Nur für den Fall ..."

Katja lachte. „Das ist okay, ich nehme das auch."

„Echt?", fragte Sven und schon waren sie mitten in einem Gespräch über ihre Lieblingsessen, wobei sie feststellten, dass sie die gleichen Dinge mochten.

Es war ein harmonischer Abend und als sie nach ihrem üppigen Abendessen auf die Straße traten, war Katja schwindelig vor Glück. Es knisterte spürbar zwischen ihnen beiden, doch noch hatte Katja das Rätsel um die Frau in seiner Wohnung nicht gelöst. Sie hatte nicht neugierig wirken und damit herausplatzen wollen, aber es fand sich auch keine elegante Möglichkeit, das Frauenlachen anzusprechen.

Sven begleitete Katja vor ihre Wohnungstür. Irgendwie hatten sich auf dem Heimweg ihre Hände gefunden und als sie angekommen waren, wollte er sie nicht loslassen.

„Es ist jetzt sicher zu spät, eine Lampe aufzuhängen", sagte er mit rauer Stimme und grinste dann wieder: „Womöglich müsste ich bohren. Soll ich nicht besser morgen Abend mit meinem Werkzeugkoffer wiederkommen?"

„Das wäre schön", antwortete Katja. „Ich würde dann sogar für dich kochen. Du musst unbedingt mal mein Ratatouille probieren."

„Oh, das würde ich gerne." Sein Gesicht näherte sich ihrem. Doch bevor er sie küssen konnte, schlüpfte Katja unter ihm weg und die Frage: „Wer war die Frau?", platzte regelrecht aus ihr heraus.

„Welche Frau?", fragte er verwundert.

„Die gestern bei dir in der Wohnung saß und gelacht hat, während wir draußen sprachen", präzisierte Katja.

„Ach, die!" Sven verstand und grinste wieder. „Das war Kiki, meine Schwester. Sie ist ein wenig … gewöhnungsbedürftig, daher wollte ich dich nicht hereinbitten. Möglicherweise hätte sie dich abgeschreckt."

„Abgeschreckt?"

„Nun, sie hat kein Gespür dafür, wann man besser den Mund hält und wann nicht. Sie hätte sofort gemerkt, dass du mir gefällst, und hätte sich bestimmt darüber lustig gemacht. Das wäre mir peinlich gewesen."

Katja lachte. „Deine Schwester, soso!", sagte sie. „Ich möchte sie trotzdem bald kennenlernen."

„Sobald alle deine Lampen hängen", versprach er, nahm sie in seine Arme und küsste sie.

MÄDELS, ICH STEH' HALT AUF MÄNNER!

Nach meiner Scheidung bin ich mit meinem Hund Fips in ein anderes Stadtviertel gezogen. Die neue Wohnung lag in der Nähe eines Waldes, der wiederum in den Stadtgarten führte. Ideal, um mit Fips stundenlang Gassi zu gehen.

Ansonsten kannte ich niemanden in diesem Viertel, aber das war mir egal, denn ich hatte ja noch Freunde in der Innenstadt, die ich jederzeit besuchen konnte.

Eines Tages, ich ließ Fips gerade im Park von der Leine, begegneten wir einer Frau. Genauer gesagt, begegnete Fips einer Hündin, die ihm zu gefallen schien. Die Vierbeiner tobten ausgelassen miteinander und ich kam mit der Hundebesitzerin ins Gespräch.

Als wir uns beide voneinander verabschieden und gehen wollten, stellten wir fest, dass wir in die gleiche Richtung mussten. Sie kam ebenfalls aus meinem Viertel und auf Nachfragen erfuhr ich, dass sie Silke hieß und wir fast Nachbarn waren!

„So ein Zufall!", sagte Silke erfreut, „Das muss ich gleich meiner Frau erzählen!"

Ich musste grinsen. Silke war nicht die erste lesbische Frau, der ich begegnet bin, aber die erste, die so ungeniert von ihrer Frau sprach. Ich fand das aber völlig in Ordnung. Wir leben ja schließlich im dritten Jahrtausend und wegen mir darf sich lieben, wer will.

Als wir uns vor meiner Haustür trennten, verabredeten wir uns für den nächsten Tag zur gleichen Zeit zum gemeinsamen Gassigehen. Wir waren beide der Ansicht, dass unseren Hunden die Gesellschaft eines anderen Hundes guttäte.

Aber insgeheim dachte ich mir, dass mir die Gesellschaft von Silke auch gut tat. Denn was meinen Freundeskreis in der Innenstadt betraf, hatte er sich seit meiner Scheidung doch drastisch reduziert. Ein paar waren lieber mit meinem Ex befreundet geblieben und für ein paar war ich anscheinend als Single nicht mehr besonders interessant. Vielleicht hatten ein paar Frauen auch in meiner Gegenwart plötzlich Angst um ihre Männer – wer weiß das schon so genau?

Ich traf mich häufiger mit Silke und eines Tages lud sie mich ein, abends zum Essen vorbeizukommen, um ihre Frau Ariane kennenzulernen. Ich freute mich sehr über dies Einladung und stand pünktlich mit einer Flasche Sekt in der Hand und Fips an meiner Seite vor der Tür.

Der Abend war ganz wundervoll, das Essen schmackhaft und die Gespräche anregend und anspruchsvoll. Ich fühlte mich wirklich sehr, sehr wohl.

Es stellte sich heraus, dass Ariane Malerin war und gerade eine Ausstellung vorbereitete. Das interessierte mich sehr, deshalb war ich gleich

am Sonntag darauf bei der Ausstellungseröff-
nung.

Dort lernte ich auch den Freundeskreis
von Silke und Ariane kennen: Alles Frauen in unserem Alter, gebildet und interessant. Sie hatten
sich gerade geschlossen zu einem Thailändisch-
Kochkurs angemeldet und fragten mich, ob ich
auch Interesse hätte. Ich hatte.

Wir trafen uns immer öfter, gingen zusammen wandern, ins Kino oder ins Theater, in Mu-
seen, auf Musikfestivals oder zu Poetry Slams.
Zwischendurch traf ich mich ständig mit Silke
und Ariane, entweder zum Gassigehen oder einfach nur zum Klönen.

Schneller als gedacht hatte ich einen
neuen, sehr anregenden Freundeskreis, aber es
waren alles lesbische Frauen. Das war das erste
Jahr nach meiner Scheidung ein Segen für mich,
aber dann begann ich, nachzudenken.

Ich würde mich zurückziehen müssen,
dachte ich mir, denn solange ich mich nur mit
Frauen traf, würde ich auch nur Frauen kennenlernen. Ich sehnte mich aber nach männlicher Gesellschaft und hoffte, nicht ewig geschieden und
Single zu sein. Kurz: Ich würde mich in anderen
Kreisen bewegen müssen, wenn ich einen Mann
kennenlernen wollte.

Ich ging weiterhin mit Silke so oft Gassi,
wie wir es uns einrichten konnten, aber andere
Einladungen lehnte ich ab. Eine Fahrt zu einer Pi-
casso-Ausstellung nach Basel? Nein, danke. Eine

Party bei Elvira? Nein, danke. Die nächste Ballettaufführung? Nein, nicht mit mir.

Wenn ich stattdessen wenigstens etwas anderes vorgehabt hätte, dann wären meine Absagen natürlich sinnvoller gewesen. So brachte ich mich nur selbst um etwas Vergnügen.

Doch wo sollte ich hingehen, um Männer kennenzulernen? Ins Internet? Noch scheute ich vor diesem Schritt zurück.

„Sag mal, was ist eigentlich los mit dir?", fragte mich Silke eines Tages beim Gassigehen. „Du ziehst dich zurück, aber warum nur? Ist irgendetwas geschehen? Früher hast du dich doch mit uns allen sehr wohl gefühlt."

„Es liegt nicht an euch", gab ich zerknirscht zu, „aber ich möchte gerne einen Mann kennenlernen. Das kann ich nicht, wenn ich ständig in euren Kreisen unterwegs bin. Ich stehe einfach nur auf Männer!"

Silke lachte. „Ach so ist das", sagte sie. „Das verstehe ich natürlich. Aber kommst du wenigstens noch zu meiner Geburtstagsfeier am Samstag? Ich würde dich ungern von unserer Freundinnenliste streichen wollen."

Da musste ich lachen. „Nein", sagte ich und nahm Silke in den Arm, „ich möchte gerne weiter eure Freundin sein. Nur möchte ich auch jede Gelegenheit nutzen, einen potentiell künftigen Partner kennenzulernen!"

„Wer weiß", sagte Silke dann kryptisch, „vielleicht lade ich zu meinem Geburtstag auch Männer ein?"

„Kennst du denn überhaupt welche?", fragte ich scherzend zurück.

„Nun, nicht viele, aber doch ein paar", antwortete Silke. „Mit den meisten von ihnen bin ich verwandt und mit den anderen verschwägert."

„Da bin ich aber gespannt", sagte ich, doch noch bevor wir das Thema vertiefen konnten, kamen wir an eine Straße und mussten unsere Hunde anleinen. Bis wir den Verkehr hinter uns gelassen hatten und wieder im Wald waren, hatten wir bereits ein anderes Gesprächsthema.

Samstag stand ich dann hübsch zurecht gemacht, mit einer Gabe fürs Buffet und einem kleinen Geschenk in der Hand bei Silke und Ariane vor der Tür und klingelte. Ein rundlicher, älterer Herr öffnete mir die Tür.

„Guten Abend", begrüßte er mich liebenswürdig. „Kommen Sie doch bitte herein. Ich bin Arianes Vater."

„Ich bin Tilly", stellte ich mich vor.

„Sagen Sie Georg zu mir", sagte der alte Herr und winkte mich ins Haus.

Ich war offensichtlich etwas spät dran, denn im ganzen Haus wimmelte es von Menschen. Die meisten waren aber in der Küche, wohin mich Georg jetzt auch führte. „Hier können Sie Ihren Beitrag fürs Buffet abstellen", meinte er und verschwand wieder, weil es erneut klingelte.

Offensichtlich war Georg heute das Begrüßungs-komitee.

Ich stellte meine Linzer Torte ab und sagte Hallo zu allen Frauen, die ich bereits kannte. Dann sah ich mich nach Silke um. In der Küche konnte ich sie nirgends entdecken, dafür fand ich sie im Wohnzimmer, wo sie gerade mit einem Mann diskutierte, der ihre Nasen- und Augenpartie hatte. Kein Zweifel, das musste ihr Bruder sein. Hatte Silke überhaupt einen Bruder? Ich wusste es gar nicht.

„Hallo", sagte ich schüchtern, „ich möchte nicht stören, aber ich würde gerne gratulieren." Silke stand auf und umarmte mich.

„Herzlichen Glückwunsch", gratulierte ich und reichte ihr mein Geschenk. „Ich hoffe es gefällt dir! Aber wer ist der Mann auf deinem Sofa?"

„Mein Bruder Stephan. Ich hoffe er gefällt dir!", antwortete sie und zwinkerte mit dem rechten Auge, während sie mich geschickt auf die Couch bugsierte. Und schon saß ich auf dem Platz, auf dem sie eben noch gesessen hatte.

„Stephan, das ist Tilly", sagte sie noch zu ihrem Bruder, bevor sie mit meinem Geschenk in der Hand davonschwebte.

„Du bist also die neue Nachbarin", sagte Stephan und lächelte mich an.

„Hat Silke über mich gesprochen?", fragte ich. „Ich hoffe, nur Schmeichelhaftes."

„Natürlich", bestätigte Stephan. „Silke würde niemals jemanden einladen, über den sie etwas Schlechtes zu sagen wüsste."

Ich nickte.

„Schon was gegessen?", fuhr er fort. Ich schüttelte den Kopf. „Dann komm", sagte er, „lass uns das Buffet plündern."

Im Laufe des Abends tat Stephan mehr und mehr so, als wäre ich ausschließlich seinetwegen gekommen. Ich muss zugeben, dass mir das gefiel.

„Ist er etwa noch Single?", fragte ich Silke im Vorbeigehen.

„Geschieden wie du", raunte sie zurück und widmete sich wieder anderen Gästen.

Es war ein toller Geburtstag. Wir aßen, tranken und tanzten. Doch bald war es Zeit für mich, mit Fips eine Gassirunde zu gehen und Stephan erbot sich, mit Silkes Hund mitzugehen.

Weil ich Fips zuhause gelassen hatte, mussten wir erst zu mir gehen und ihn holen. Danach liefen wir zusammen durch die Straßen und redeten über Gott und die Welt, während unsere Hunde ihre Geschäfte erledigten.

Stephan brachte mich und Fips nach Hause. „Kommst du gleich noch einmal zu Silke rüber?", fragte er zum Abschied.

„Eigentlich bin ich schon müde", sagte ich und überlegte. „Und Fips wäre auch sauer, wenn ich ihn schon wieder alleine lassen würde."

„Dann wünsche ich dir süße Träume", sagte Stephan. „Ich bleibe heute über Nacht und würde mich freuen, wenn du morgen zum Frühstücken kämst. Und zum Aufräumen", fügte er verschmitzt hinzu und grinste.

Ich nickte. „Aber gerne, gute Nacht!"

Vor Aufregung wäre ich in dieser Nacht beinahe nicht eingeschlafen und am nächsten Morgen ging ich gleich nach unserem Morgengassi zu Silke und Ariane. Dieses Mal war es Stephan, der mir öffnete: verschlafen und unrasiert, aber total süß!

Silke und Ariane waren schon am Aufräumen und freuten sich sichtlich über meinen Besuch. Während wir zusammen die Reste der Nacht zusammentrugen, richtete Stephan bereits den Frühstückstisch.

„Na", fragte Silke neckisch, als wir außer Hörweite waren, „hast du gestern genug Männer kennengelernt?"

Ich lachte und nickte. „Der eine reicht mir erstmal", scherzte ich zurück. „Falls er auch will ..."

Wie sich im Laufe dieses Sonntags noch herausstellen sollte, wollte Stephan durchaus auch und jetzt habe ich nicht nur tolle Nachbarinnen mit ihrem riesigen, ebenfalls tollen Freundinnenkreis, sondern auch einen Mann an meiner Seite, der witzig, tolerant und hundelieb ist – und meine Freundinnen mag. Ich finde, das klingt nach einem Happy End, oder?

SOLO FÜR SANDRA

„Wie wäre es, wenn die ersten beiden Zeilen von Sandra gesungen werden? Als Solistin?" Sabine, die Chorleiterin, stellte die Frage in die Runde, sah dann aber Sandra an, ihre beste Sängerin. Die Blicke aller anderen Chorsängerinnen und -sänger richteten sich jetzt ebenfalls auf die zarte, blonde Frau, die am liebsten unter ihren Stuhl gerutscht wäre und sich versteckt hätte.

Sandra war schüchtern. Sie hatte es nicht gerne, wenn alle Aufmerksamkeit auf sie gerichtet war. Sie wollte nicht auffallen und das war schon so, seit sie noch ein kleines Mädchen war. Deshalb sang sie auch in einem Chor und war nicht Frontfrau einer Band geworden, wobei sie von ihrer Stimme her durchaus das Zeug dazu gehabt hätte. Sie war sehr musikalisch, konnte Klavier und Gitarre spielen und hatte eine schöne, helle Sopranstimme. Wenn sie bei klassischen Kirchenliedern die Oberstimme sang, verlieh ihre Stimme den Stücken etwas Engelhaftes, Feierliches.

Aber jetzt ging es um einen Rock-Klassiker: „An den Ufern der Nacht" von den Puhdys. Die Chornoten sahen vor, dass die erste Strophe ganz vom Sopran gesungen werden und erst danach die anderen Stimmen einsetzen sollten.

Es war ein schönes Lied und Sandra hatte sich gefreut, als die Chorleiterin letzte Woche die Noten dazu austeilte. Auch sie konnte sich gut vorstellen, dass die ersten beiden Zeilen nur von einer Stimme gesungen wurden. Aber doch bitte nicht von ihr!

„Na, was sagst du?", hakte die Chorleiterin nach. Noch immer sahen alle auf Sandra, die über und über rot wurde. Unter den vielen Blicken war es aber vor allem einer, der sie sprachlos machte: der von Georg!

Georg sang im Bass und hatte eine tiefe Stimme, die vibrierte und Sandra schaudern ließ. Sie hätte sie aus Tausenden anderer Männerstimmen herausgehört und jederzeit wiedererkannt.

Bislang schien es, als hätte er Sandra noch gar nicht bemerkt. Kein Wunder, da sie ja nicht auffallen wollte. Doch Georg gefiel ihr. Er gefiel ihr sogar sehr. Sie hatte nur keine Ahnung, wie sie sich ihm nähern sollte.

Georg war erst vor einiger Zeit in die Kleinstadt gezogen und hatte sich kurz danach dem Chor angeschlossen. Wo er herkam? Sandra hatte keine Ahnung. Sie hatte ja noch nicht das Vergnügen gehabt, sich mit ihm zu unterhalten! Aber jetzt starrte er Sandra mit einem quietschvergnügten Grinsen an.

Alle warteten auf ihre Antwort. „Ich, nein, ich … äh", stotterte Sandra. Dann holte sie tief Luft. „Das kann ich nicht!", platzte es schließlich aus ihr heraus.

„Ich habe mir das so gedacht", versuchte nun die Chorleiterin, ihre Idee Sandra schmackhaft zu machen: „Du singst die ersten zwei Zeilen des Liedes allein, bevor alle anderen einsetzen, und nach dem Refrain, bei der zweiten Strophe, singt ein Mann die ersten beiden Zeilen allein."

„Wer soll denn dieser Mann sein?", fragte Sebastian vorsichtig. Er war ihr Vorstandsvorsitzender und sorgte stets dafür, dass der Probenraum geheizt und die Chorkasse gefüllt war. Obwohl er sehr rührig war und viel für sie alle tat, war auch er im Grunde genommen ein schüchterner Mensch, der sich ebenfalls nicht als Solist hervortun wollte. Zudem wusste er, dass dazu auch seine Stimme gar nicht reichen würde.

„Ich dachte an jemanden aus dem Bass", beruhigte ihn Sabine und sah Georg an. „Würdest du das machen, Georg?"

„Klar doch", antwortete er, „aber nur, wenn Sandra mitmacht."

Er wusste ihren Namen! Sandra starrte Georg fassungslos an.

„Sei nicht so schüchtern!", fuhr Georg fort. „Wenn ich das kann, kannst du das erst recht!"

Sandra wurde über und über rot und bekam fast Schnappatmung. „Ich würde mir das gerne in Ruhe überlegen", presste sie heraus und sah betont in ihre Notenblätter, in der Hoffnung, dass das Thema damit fürs Erste erledigt wäre.

„Also gut", meinte Sabine, „überlege es dir. Und wir singen das Lied jetzt alle gemeinsam durch. Wir müssen es gut einüben, schließlich wollen wir damit auf dem Stadtfest auftreten."

Ach ja, dachte Sandra, das Stadtfest. Ganz wichtig! Da präsentierten sie immer ihre neuen

Stücke. Das war der Chorleiterin sehr wichtig. Das Fest sollte erst in vier Wochen stattfinden, aber vier Wochen sind schnell vorbei …

Nach der Probe kam Georg auf Sandra zu. Sie wollte im Erdboden versinken, aber das ging leider nicht. „Du hast so eine schöne Stimme, lass uns doch zusammen die Soli singen", sagte er.

Wieder schlug ihr das Herz bis zum Hals. Er hatte sie und ihre Stimme bemerkt! „Wir singen doch die Soli gar nicht zusammen", presste sie schließlich heraus. „Du würdest eins singen und ich würde eins singen."

„Meinte ich doch", winkte er ab und stutzte dann. „Das bringt mich auf eine Idee. Würdest du mit mir zusammen das Solo singen? Also wir zwei beide Soli?"

Sandra starrte ihn verwirrt an. Vor einer Stunde hatte sie noch nicht einmal geahnt, dass er sogar ihren Namen kannte, jetzt hatte er schon die Fantasie, mit ihr ein Solo zu singen …

„Das ist eine gute Idee", mischte sich Sabine in das Gespräch. „Ich könnte mir das gut vorstellen: Ihr beide steht vorne, singt das Lied an und der Chor begleitet euch."

Georg sah Sandra erwartungsvoll an. Ihr Herz klopfte immer noch so heftig, dass sie dachte, man müsste es hören.

„Wir können es ja einmal ansingen", schlug Georg vor.

Voller Panik sah sich Sandra um. Aber die anderen hatten den Proberaum längst verlassen.

Es waren nur noch Sabine, Sandra und Georg da. Sabine ging sofort ans Klavier und spielte die Noten ein.

Sandra nickte und sah Georg an. Dann sangen beide: „Wenn der Abend sich der Stille neigt, und den Tag zur Ruhe bringt, leg ich ab die Hast, die mich fast ausgebrannt ...“

Sandra sang im hohen Sopran, er zwei Oktaven tiefer. Ihre Stimmen harmonierten und es klang, als hätten sie nie etwas anderes gemacht als zusammen gesungen. Sabine spielte befriedigt lächelnd weiter, während ihre Solisten sangen: „Wenn nach Stunden, die man abgestreift, später man noch einmal nimmt, dann ist vieles, was zuvor war, neu erkannt.“

Und schließlich den Refrain: „An den Ufern der Nacht ...“

Mittlerweile hatten sie Zuschauer bekommen. Die Chorkolleginnen und -kollegen, die sich vor dem Proberaum noch miteinander unterhalten hatten, waren hereingekommen, als sie die Musik hörten.

„Das ist wirklich toll“, sagte Sebastian ehrfürchtig, „damit können wir beim Stadtfest richtig Staat machen!“

Georg sah Sandra glücklich an. „Na also“, meinte er und zwinkerte ihr zu. „Wir geben ein tolles Paar ab, findest du nicht?“

„Ja, auch rein optisch seht ihr toll zusammen aus“, merkte die Chorleiterin an.

Sandra war wieder verlegen geworden und ihr Gesicht glühte erneut. „Komm", sagte Georg und legte wie selbstverständlich seinen Arm um sie, „darauf gehen wir jetzt erst einmal einen trinken!"

Es war üblich, dass sich der Chor nach der Singstunde noch im benachbarten Bistro traf, wo manche ein spätes Abendessen zu sich nahmen, andere den Tag mit einem Drink ausklingen ließen. Sandra war bislang selten dabei gewesen, weil sie nie wusste, was sie mit den anderen reden sollte.

„Mein Bus geht in einer Viertelstunde", wich sie daher aus. „Es ist der letzte."

„Macht nichts", sagte Georg, „dann bringe ich dich eben nach Hause. Wo wohnst du denn?"

Sie sagte es ihm und er meinte: „Prima, das liegt auf meinem Weg."

Nun hatte Sandra keine Ausrede mehr, im Gegenteil. Von Georg nach Hause gebracht zu werden, war ein verlockendes Angebot. Also stimmte sie zu, noch mit in das Bistro nebenan zu gehen.

Dort wurden die beiden mit einem lauten Hallo empfangen. „Da sind ja unsere frischgebackenen Solisten", rief Sabine und die anderen nickten anerkennend. Schon wurde Sandra wieder rot!

Georg setzte sich wie selbstverständlich neben sie und im Laufe des Abends kamen die zwei ins Gespräch. Endlich erfuhr Sandra, woher er kam, dass es ihn beruflich in die Gegend verschlagen hatte und – ganz wichtig – dass er Single war. Er war ein angenehmer Gesprächspartner, ganz so, wie Sandra es sich erhofft hatte.

Als sie abends aufbrachen, brachte Georg Sandra wie versprochen nach Hause. Aber sie sprachen den ganzen Heimweg nichts miteinander. Sie hatten den ganzen Abend bereits so viel gesprochen, dass sie jetzt die abendliche Stille nebeneinander genossen. Doch irgendwann kamen sie schließlich vor Sandras Haustür an.

„Vielen Dank und gute Nacht!", sagte Sandra und wollte schon schnell aus dem Auto springen, aber Georg hielt sie an der Schulter fest. „Du liegst auf meinem Weg. Wie wäre es, wenn ich dich nächste Woche auch wieder abholen komme?"

„Das wäre schön", sagte Sandra leise.

„Magst du mir deine Telefonnummer geben, damit wir uns abstimmen können? Ich meine, falls bei einem von uns etwas dazwischen kommt."

Sandra nickte. Ihr würde sicherlich nichts dazwischen kommen, aber Telefonnummern austauschen war ganz klar der Schritt in die richtige Richtung. Sie kramte in ihrer Handtasche nach einem Zettel, den sie ungelenk bekritzelte, während er eine Visitenkarte aus seinem Geldbeutel zog und ihr reichte. Dann beugte er sich nach vorne und küsste Sandra zum Abschied auf die Wange.

Sie lächelte verlegen, bevor sie schnell aus dem Auto ausstieg.

In dieser Nacht konnte Sandra nicht schlafen, sondern ging immer und immer wieder den Abend gedanklich durch. Wie er sie aufgefordert hatte, mit ihm zu singen, wie sie zusammen gesungen hatten und das Eis danach gebrochen war. Wie sie geredet und gelacht hatten und sein Abschiedskuss auf ihrer Wange. Sandras Herz stand in Flammen.

Von diesem Abend an sahen Georg und Sandra so oft es ging, nicht nur zu den Singstunden. Er fand immer einen Grund, sie anzurufen und irgendwohin einzuladen. Mal war es ein Chorkonzert in der Nähe, mal ein interessanter Kinofilm, mal einfach nur ein Abendessen bei einem Italiener.

Zunächst hielt er immer eine Art freundschaftlicher Distanz zu ihr. Er wollte ihr keinesfalls zu nahe treten, das merkte man ihm an. Sandra freute sich darüber, dass er sie in nichts bedrängte. So konnte sie sich in seiner Gegenwart fallen lassen und die gemeinsamen Ausflüge genießen.

Erst bei einem Glas Lambrusco gestand er ihr, dass sie ihm schon aufgefallen war, als er damals in den Chor eintrat. Dass er nicht gewusst hatte, ob sie nur zurückhaltend oder sogar eher verschlossen war. „Ich wusste ja nicht, in welcher Lebenssituation du bist. Ob dir jemand gerade das Herz gebrochen hat oder ob du vielleicht sogar krank bist, oder anderweitig stark eingebunden. Ich wollte mir Zeit lassen, bevor ich dich anspreche, gut Ding will nämlich Weile", zitierte er, „aber als Sabine das mit dem Solopart vorschlug, witterte ich förmlich meine Chance!"

„Du hättest mich ruhig schon früher ansprechen dürfen", gestand Sandra daraufhin. „Ich bin einfach nur sehr schüchtern, das ist alles."

Er sah sie aufmerksam an. Sein Interesse rührte sie, daher fuhr sie fort: „Ich habe keine Leichen im Keller. Ich bin weder krank noch irgendwo stark eingebunden. Ich arbeite in einer Kindertagesstätte und liebe die Kleinen. Da bin ich auch nicht schüchtern. Das bin ich nur ...", Sandra zuckte hilflos mit den Schultern, „bei allen anderen Gelegenheiten. Ich bin lieber mit einem Menschen zusammen als mit vielen und ich höre lieber zu, als dass ich selbst rede." Sie sah Georg offen an. „Schlimm?", fragte sie. Georg schüttelte liebevoll den Kopf.

Doch je öfter sich die beiden trafen, desto mehr verlor Sandra ihre Schüchternheit. Insbesondere ihre Probeabende im Chor lockten eine ganz andere Seite aus Sandra heraus. Neben ihm und zusammen mit ihm zu singen, gab ihr eine Stärke und Zuversicht, wie sie sie noch nie zuvor gekannt hatte. Sie hatte auch nie zuvor besser gesungen!

Dennoch wurde Sandra nervös, als es auf das Stadtfest zuging. Um ganz sicher zu gehen, lud sie Georg zu sich nach Hause ein, damit sie noch einmal zusammen singen konnten, wenn auch ohne Chor. Georg brachte eine Flasche Sekt mit und Sandra hatte eine Quiche im Ofen und so wurde es ein wunderschöner Abend, zu dessen Ausklang viel gesungen wurde.

Schließlich war der große Tag da! Die Stadt hatte zum Fest aufgerüstet und verschiedene Buden aufstellen lassen. Es gab Süßigkeiten, die obligatorischen Steakbrötchen und Würstchen, eine Schießbude und einen Hau-den-Lukas. Selbst ein Kinderkarussell, einen Autoscooter und eine Geisterbahn waren in der Ortsmitte aufgebaut worden. Nebenan stand das große Festzelt, auf dessen Bühne sich die Vereine der Stadt präsentierten.

Da zeigte der Karateverein seine Katas, die Bogenschützen ihre Schießkünste, der Hausfrauenverband offerierte Kuchen und Torten und die Naturschützer gaben Wanderkarten aus. Die Tierschutzgruppe hatte einen kleinen Flohmarkt organisiert, der am Ende des Festzelts aufgebaut war. Die Stimmung war aufgeregt und fröhlich, das Stimmengewirr gewaltig.

Das wollte sich auch erst nicht ändern, als der Chor auf die Bühne trat. Ihr erstes Lied – der Crokodile Rock von Elton John – verklang nahezu ungehört. Doch der Chor sang tapfer weiter.

Das dritte Lied an diesem Abend war „An den Ufern der Nacht" und schon, als sich der Chor umformatierte und die beiden Solisten nach vorne traten, ging ein Raunen durch die Halle.

Offensichtlich hatte sich bereits herumgesprochen, dass jetzt ein kleines Highlight zu hören war.

Sabine, die an diesem Abend nur dirigierte und nicht auch selbst Klavier spielte, nickte dem Klavierspieler zu und gab Sandra und Georg das Zeichen, anzufangen. Kaum hatten sie den ersten Satz gesungen, war es so still, wie es in einem sonst so lauten Festzelt nur sein konnte.

Sandra und Georg sangen sich ohne Scheu an und er unterfütterte ihren hellen Sopran mit seinem vibrierenden Bass. Sie hatten das schon so oft geübt, dass wirklich nichts mehr schiefgehen konnte. Zum Refrain stimmte der Chor mit ein. Es gab keinen falschen Ton, nicht den kleinsten Patzer. Der Chor mit seinen Solisten und seiner Chorleiterin ernteten frenetischen Applaus.

Nachdem sie von der Bühne gegangen waren, feierte der Chor seinen Auftritt auf den Bierbänken des Festzelts. Sie hatten es hinter sich: ein kleines Highlight in ihrer aller Alltag. Es war Zeit, zu feiern und sich zu entspannen, um am nächsten Tag weiterzumachen, ganz so, wie es auch in dem Lied „An den Ufern der Nacht" beschrieben wurde.

An diesem Abend wurden Sandra und Georg ein Paar – ein richtiges Paar. Er hatte sie gegen Mitternacht nach Hause gefahren und sie hatte ihn gefragt, ob er bleiben wolle. Er wollte.

„Endlich", flüsterte er nach ihrem ersten Kuss, wobei er sein Gesicht in ihrem langen Haar vergrub. „Ich habe mich so sehr danach gesehnt!"

Sie lachte, als sie mit ihm auf die Schlafcouch sank. „Du hattest doch aber selbst gesagt: ‚Gut Ding will Weile.'"

„Ja", gab er zu, „und das soll es auch werden: richtig gut!"

WIE, BITTE, GEHT EIN ZUNGENKUSS?

Ich bin über 400 Kilometer gefahren und gerade noch rechtzeitig zur Trauerfeier gekommen. Natürlich regnet es und in der Kapelle gibt es nur noch Stehplätze. Aber es war mir wichtig, von Marlies Abschied zu nehmen. Schließlich teilten wir als Kinder ein großes Geheimnis ...

Von der Beerdigungsgesellschaft kennt mich niemand, denn ich hatte mit Marlies erst in ihren letzten Wochen wieder Kontakt. Keiner weiß, dass ich hier bin und sollte es einen Leichenschmaus geben, bin ich nicht eingeladen.

Das ist auch völlig in Ordnung so. Marlies und ich waren nur einen Sommer lang beste Freundinnen und verloren uns danach vollständig aus den Augen. Aber wir haben einander nie vergessen!

Es war im Sommer 1968 gewesen. Meine Eltern fuhren mit uns Kindern zu einem Bruder meines Vaters, der im Bayerischen Wald lebte. Wir selbst stammten aus der Gegend um Kaiserslautern, weshalb wir nur einmal im Jahr den weiten Weg auf uns nahmen, die Geschwister meines Vaters zu besuchen.

Zufällig war zur gleichen Zeit ein weiterer Bruder meines Vaters zu Besuch, den es nach dem Krieg nach Paderborn verschlagen hatte. Dieser Onkel hatte seine kleine Tochter dabei: Marlies.

Marlies war mit ihren elf Jahren genauso alt wie ich und mindestens ebenso frech. Zumindest sah sie mit ihren dunklen Knopfaugen und dem zotteligen Kurzhaarschnitt frech aus. Wir mochten uns auf Anhieb und hatten nichts dagegen, zusammen auf dem Speicher des alten Bauernhauses in einem großen Bett untergebracht zu werden. Tagsüber spielten wir unter Ausschluss meiner Brüder mit Puppen, tanzten Gummitwist, häkelten Tischsets oder halfen unserer Tante in der Küche.

Nachts aber, nachdem wir zusammen in das Bett im Speicher gebracht wurden, lagen wir in der Dunkelheit nebeneinander und besprachen die wirklich wichtigen Dinge des Lebens. Zunächst träumten wir zusammen von einem Pferd, das wir striegeln, streicheln und reiten konnten. Dann sprachen wir über unsere jeweilige Familiensituation und die vielen Familiendinge, die wir nicht verstanden. Wir tauschten Schulprobleme aus und schließlich gestanden wir uns unsere geheimsten Träume.

Bei mir war es Wolfgang, ein blonder Anwaltssohn, der es mir angetan hatte. Er war in meiner Klasse, aber ich war Luft für ihn.

Bei Marlies war es Horst, ein dünner, schüchterner Junge, der ihr aber immerhin gelegentlich heimlich zulächelte.

Wie wir so auf Jungs zu sprechen kamen, inszenierten wir Möglichkeiten, unseren Traummännern näher zu kommen. Wir wollten aus

Versehen über sie stolpern, sie zu einem Eis einladen, beim Klassenball mit ihnen Klammerblues tanzen – oh ja, uns fielen einige Dinge ein, wie wir auf dem Weg zur großen Liebe aktiv werden konnten.

Doch dann gab es da noch die eine, große Frage: Was, wenn wir mit unserem jeweiligen Schwarm zusammenkämen? Wie ginge es dann weiter? Und wie, bitte, geht ein Zungenkuss?

Wir hatten schon davon gehört, dass die Erwachsenen sich die Zunge gegenseitig in den Mund steckten, und es hörte sich richtig eklig an. Aber wir würden das ja können müssen, wenn es einmal so weit war. In dieser Sache waren wir ziemlich ratlos.

Aber vielleicht war das mit der Zunge ja gar nicht so schlimm? Stellten wir uns das nur so eklig vor und in Wahrheit war es das gar nicht? Wir meinten, wenn alle Erwachsenen das machen, dann wäre es vielleicht doch gar nicht so schlimm.

Es gab nur eine Möglichkeit, das herauszufinden: Wir mussten es ausprobieren. Miteinander!

Nachdem wir uns mehrfach versichert hatten, dass dies eine gute Idee wäre, holten wir beide tief Luft, beugten uns mit jeweils geöffneten Mund zueinander, bis unsere vorgereckten Zungen sich berührten.

„Ihhhhh", rief Marlies und zog ihren Kopf zurück, kaum dass irgendetwas passiert war.

„Ihhhhh", sagte jetzt auch ich, ein wenig beschämt, weil ich es gerne weiter ausprobiert hätte und Marlies für meine Begriffe das Experiment zu früh abgebrochen hatte.

Daraufhin sagte keine von uns mehr etwas, sondern wir drehten uns unsere Rücken zu und schliefen. Am nächsten Tag war alles wie zuvor. Das nächtliche Experiment kam nicht mehr zur Sprache.

Irgendwann waren diese Ferien zu Ende. Marlies wurde von ihrem Vater wieder nach Paderborn gebracht und ich fuhr mit meinen Eltern und Brüdern zurück nach Kaiserslautern.

Eine Zeitlang schrieben wir beide uns noch Briefe, aber als ich ihr eineinhalb Jahre später freudig schrieb, ich hätte jetzt tatsächlich einen Jungen geküsst und es wäre überhaupt nicht eklig gewesen, erhielt ich keine Antwort mehr.

Ich war zutiefst gekränkt, zumal ich mir nicht die Blöße gegeben hätte, ihr von meinem ersten Knutscher zu erzählen, wenn ich gewusst hätte, dass sie nicht mehr zurückschreiben würde. Zumal es ja auch nicht Wolfgang war, den ich geküsst hatte, denn der hatte noch immer kein Interesse an mir gezeigt, im Gegensatz zu Uwe, der mich auf einer Jugendparty an sich zog und mich das Küssen lehrte.

Eine Weile trauerte ich um meine untreue Sommerfreundin, doch dann hatten andere Dinge Vorrang: der erste feste Freund, die Berufswahl, das Abitur ... das Leben!

Aber kurz vor meiner Rentenzeit zog es mich wieder in den Bayerischen Wald. Nach dem Tod meines Vaters hatte ich kaum Kontakt zu meinem Onkel und dessen Frau gehabt. Sie waren jetzt beide weit über achtzig Jahre alt und ich wollte sie einfach noch gerne einmal wiedersehen.

Zu meiner Freude erreichte ich sie bei bester Gesundheit. Vor allem meine Tante war noch so fröhlich und lebhaft, wie ich sie in Erinnerung hatte. Wir verbrachten einen schönen Nachmittag miteinander, an dessen Ende ich sie fragte: „Das kleine Mädchen vor fünfzig Jahren, mit dem ich mir das Bett in eurem Speicher geteilt habe, weißt du noch, wer das gewesen sein könnte?"

Den Namen meiner Sommerfreundin hatte ich längst vergessen, nicht aber meine Tante. „Das war bestimmt deine Cousine Marlies!", antwortete sie wie aus der Pistole geschossen. „Warte, ich habe hier in meinem Handy ein Foto von ihr."

Ich wusste nicht, worüber ich mehr staunen sollte: Über ihr Gedächtnis oder ihren lockeren Umgang mit dem Smartphone. Ohne nachzudenken, öffnete sie WhatsApp und zeigte mir das Profilbild meiner Cousine, die ich sofort wiedererkannte. Kein Zweifel: Es war Marlies, die mit frechen Knopfaugen in die Kamera blickte, das Haar noch immer kurz und störrisch.

Während wir keinen Kontakt mehr hatten, waren meine Tante und meine Cousine ihr Leben lang in Verbindung geblieben. „Ich gebe dir mal

Marlies Telefonnummer", sagte meine Tante. „Aber wenn du sie anrufen möchtest, musst du dich beeilen. Sie ist schwer krank. Krebs im Endstadium."

Es dauerte eine ganze Weile, bis ich diese Information verdaute und danach erforderte es all meinen Mut, Marlies anzurufen. Ich erreichte sie sofort. Marlies meldete sich mit dunkler, brüchiger Stimme. Ich hielt einen Moment lang den Atem an, bevor ich ihr erklären konnte, wer ich bin. „Du erinnert dich vielleicht nicht mehr, aber ..." In wenigen Worten fasste ich unseren Sommer bei Onkel und Tante zusammen.

Da lachte sie vergnügt und sagte: „Du bist das! Na sowas! Immer habe ich erzählt, dass ich meinen allerersten Kuss von einem Mädchen bekommen habe. Und jetzt rufst du mich an!"

„Dabei hast du mich doch gar nicht richtig zu Ende geküsst", warf ich ihr scherzhaft vor. Jetzt lachten wir beide. Sie hatte mich auch nicht vergessen!

Wir telefonierten mehrere Stunden, in denen wir uns gegenseitig unser Leben erzählten. Marlies lag mittlerweile in einem Hospiz, ihr Ehemann war bereits vor Jahren verstorben. Dafür hatte sie zwei Töchter, die sich liebevoll um sie kümmerten.

Meine Cousine wusste, dass sie bald sterben würde und hatte sich mit dieser Tatsache abgefunden. Sie sprach ohne Groll mit mir über den Brustkrebs, der sie die letzten Lebensjahre begleitet und schlussendlich besiegt hatte. Es war wieder so, als lägen wir in der Dunkelheit nebeneinander und besprächen die wichtigen Dinge des Lebens. Sie lagen nur nicht mehr in der Gegenwart oder Zukunft, sondern in der Vergangenheit: Wie hast du gelebt, wen hast du geliebt, was bereust du, worauf bist du stolz?

„Ich notiere mir deine Nummer", sagte Marlies zum Abschluss. „Wir können ja in Verbindung bleiben."

Zehn Tage später erhielt ich eine WhatsApp-Nachricht von ihrem Profil: „Hallo Diana, hier ist Jenny, die Tochter von Marlies. Die Mama liegt im Krankenhaus und tritt ihre letzte Reise an."

Weitere zwei Tage später erhielt ich die Nachricht: „Die Mama hat es heute Morgen geschafft."

Ich kondolierte und wollte erst Blumen schicken, aber dann entschied ich es anders. Ich fuhr von Kaiserslautern nach Paderborn, um ihr die letzte Ehre zu erweisen.

Und jetzt stehe ich im Regen etwas abseits und weine um meine Sommerfreundin aus Kindertagen, die leider viel zu früh von uns gehen musste.

AUSZEIT INS GLÜCK

„Herzlichen Glückwunsch", strahlte der Bürgermeister, ergriff Uta Möllers Hand und lächelte in die Kamera der lokalen Tageszeitung. Uta hatte den ersten Platz der Aktion „Unser Dorf soll schöner werden" belegt und war stolz auf sich.

Allerdings erschöpfte sie der ungewohnte Rummel um ihre Person. Alle hatten sich in ihrem Mustergarten versammelt: der Bürgermeister, eine Lokaljournalistin und ein Fotograf, zwei Vertreter des Preiskomitees, Utas Mutter, die Teenager-Tochter Sophia und ein paar neugierige Nachbarn. Und alle wollten bewirtet werden!

Mutter Ines und Tochter Sophia halfen, Kaffee und Kuchen anzubieten. Einen Ehemann gab es nicht mehr. Er war bereits vor einigen Jahren tödlich verunglückt. Uta hatte diesen Schicksalsschlag nur schwer verkraftet. Sie arbeitete halbtags als Buchhalterin und ging ihren Aufgaben als Hausfrau und Mutter so gut nach wie sie konnte. Der Garten war ihr einziger Ausgleich, zu mehr reichte ihre Kraft nicht.

Als die Gäste an diesem Abend gegangen waren, wollte Uta völlig erledigt ins Bett. Doch ihr rechtes Bein tat weh, wo eine Verletzung nicht heilen wollte, die sie sich bei der Gartenarbeit zugezogen hatte.

An diesem Abend sah sie sich den blauen Fleck am Oberschenkel noch einmal genauer an. Er stammte von einer Tischecke, an der Uta sich aus Versehen gestoßen hatte. Riesengroß war er mittlerweile geworden und hatte sich in den letzten Tagen in allen Regenbogenfarben gezeigt. Doch als Uta an diesem Abend danach sah, war aus dem blauen-grün-gelbem Fleck vom Vortag eine offene Wunde geworden!

Sie hatte fast nicht geblutet, daher war ihr zwischendurch nichts aufgefallen. Jetzt aber starrte sie verdutzt auf die klaffende Wunde und das rote Fleisch, das darunter lag.

Natürlich ging Uta gleich am nächsten Tag zum Arzt. Er schien sie nicht ernst zu nehmen und ließ ein Pflaster auf die Wunde kleben. Als nach einer Woche die Wunde noch größer geworden war, empfahl er ihr einen Chirurgen, der sie klammern sollte.

Doch auch die geklammerte Wunde wollte nicht heilen. Es war bereits Herbst geworden, als man Ute ins Krankenhaus einwies, wo die Wunde gesäubert und genäht wurde.

Aber unter der Naht brodelte es weiter. Uta erlitt eine Wundinfektion und entwickelte eine Sepsis. Sie kam so unerwartet, dass selbst die Ärzte überrascht waren und sie in ein künstliches Koma legen mussten.

Als Uta daraus erwachte, ging es ihr zwar besser, aber noch immer war die Wunde an ihrem Oberschenkel offen. Mittlerweile konnte man bis auf den Knochen sehen!

Am Morgen bei der Visite erfuhr Uta dann zu ihrer Überraschung, dass man sie verlegen wollte. Man könne nichts für sie tun, heiß es, man wolle sie lieber in die Psychiatrie überweisen. Dort könne man mit ihrem selbstverletzenden Verhalten besser umgehen.

Uta begriff erst langsam, was man ihr damit sagen wollte. „Sie meinen, ich simuliere? Ich simuliere sogar eine Sepsis?"

„Nein", antwortete ein Arzt verlegen. „Wir meinen, dass Sie Ihre Wunde nachts immer wieder öffnen und dabei eine Entzündung und die Sepsis in Kauf genommen haben. Man nennt das Münchhausen Syndrom!"

Uta war empört und bat ihre Mutter, sie abzuholen. In die Psychiatrie wollte Uta auf keinen Fall. Sie wusste, dass sie krank war und dass sie sich nichts zuschulden hatte kommen lassen.

Auch Mutter Ines glaubte keine Sekunde lang an die Münchhausen-Theorie. „Du musst in ein anderes Krankenhaus!", sagte sie.

Sie bemühte sich bei der Verwaltung um eine Verlegung oder um eine Überweisung, doch der Oberarzt mauerte. Er blieb bei seinem Angebot, Uta in die Psychiatrie zu verlegen oder sie müsse sich gegen ärztlichen Willen selbst entlassen. Dabei war Uta noch schwach und bettlägerig von der überstandenen Sepsis und hatte eine klaffende Wunde, die ihr das Laufen zur Qual machte!

Ines fuhr unverrichteter Dinge wieder nach Hause, wo sie sämtliche Kliniken im Umkreis abtelefonierte. Aber keine wollte Uta aufnehmen! Dabei waren die Begründungen der Krankenhäuser fadenscheinig und Utas Mutter kam der Verdacht, dass sich die Kliniken untereinander über mögliche Patienten informierten.

Doch dann gab es einen Durchbruch! Ines rief eine weit entfernte Privatklinik an, die auf ungewöhnliche Fälle spezialisiert war. Dort wollte man Uta nicht nur aufnehmen, sondern kümmerte sich auch darum, dass ihr ein Liegendtransport genehmigt wurde.

Nachdem Uta in dieser Klinik aufgenommen worden war, wurde sie von Chefarzt Prof. Dr. Hendrik Nolte begrüßt. Er nahm ihre Krankenunterlagen und ging sie langsam, aber gründlich durch.

Dabei hatte Uta Gelegenheit, ihn sich näher anzusehen. Er war viel älter als sie und sah auf eine unaufdringliche Weise gut aus. Seine Falten um die Augen zeugten von Humor, sein Blick wirkte erfahren und besonnen. Uta fühlte sich sofort wohl bei ihm.

Utas Blick wanderte zu ihrer Mutter, die den Professor ebenfalls wohlwollend ansah. Es war eine gute Entscheidung gewesen, hierher zu kommen, darin waren sich die beiden Frauen stillschweigend einig!

Nachdem Prof. Nolte die Unterlagen gelesen hatte, sah er Uta eindringlich an und sagte mit einem freundlichen Schmunzeln in der Stimme: „Nun, dann zeigen Sie mal Ihre Wunde!"

Uta zog ihr Nachthemd hoch. Vorsichtig betastete der Professor das entzündete Gewebe, während er Uta bat, von sich zu erzählen.

Sie wusste erst nicht, was sie sagen sollte, doch dann erzählte sie ihm, dass sie Betriebswirtschaftslehre studiert hatte, aber seit der Geburt ihrer Tochter als Buchhalterin arbeitete. Hinterher wusste sie nicht, warum sie das als erstes erzählt hatte, vermutlich weil sie ihm zu verstehen geben wollte, dass sie nicht verrückt war.

Prof. Nolte lächelte sie freundlich an und fragte dann: „Und wie kam es zu dieser Verletzung?"

Uta schluckte. Dann berichtete sie, wie sie sich an einem Gartentisch angestoßen und sich ein großer blauer Fleck gebildet hatte. Wie daraus plötzlich eine Wunde geworden war, die sich nicht schließen wollte. Wie sie im Krankenhaus eine Sepsis erlitten hatte und dann so gedemütigt wurde, indem man ihr unterstellte, selbst an ihrem Elend schuld zu sein.

„Ich glaube nicht, dass Sie sich diese Wunde selbst beigebracht haben, aber ehrlich gesagt, weiß ich im Moment auch nicht, wie ein blauer Fleck so entgleisen kann", sagte der Professor. „Aber ich werde herausfinden, was Ihnen fehlt!"

Tatsächlich veranlasste der Professor in den nächsten Tagen verschiedene weitere Untersuchungen und kam nach ein paar Tagen zu einer Diagnose: Uta litt an einer besonderen Form einer

Vaskulitis, die durch eine genetische Disposition und eine seltene Autoimmun-Reaktion aus dem Ruder gelaufen war.

„Sie haben Glück, dass sich das in einer Wunde am Oberschenkel manifestiert hat", sagte der Professor. „Wäre es in einem inneren Organ gewesen, wären Sie längst gestorben. Wir müssen das auch langfristig in den Griff bekommen, sonst passiert so etwas immer wieder!"

„Aber warum haben das die anderen Ärzte nicht diagnostiziert?", fragte Uta verzweifelt.

„Zwei verschiedene seltene Krankheiten begünstigen eine dritte", antwortete der Professor. „Darauf sind die Kollegen nicht gekommen!"

Die Wunde wurde jetzt täglich neu steril versorgt, Utas Ernährung komplett umgestellt und verschiedene Medikamente stillten die Entzündung in ihrem Körper. Gleichzeitig bekam sie Physiotherapien, die ihre Muskulatur wieder kräftigen sollten.

Uta wurde schneller gesund als gedacht, was vielleicht auch daran lag, dass sie sich in ihren Retter verliebt hatte. Es gab nur ein Problem: Er trug einen Ring an der rechten Hand.

Einen Monat nach jener verhängnisvollen Nacht, in der Uta im Krankenwagen in die Privatklinik gebracht worden war, durfte sie wieder nach Hause. Dort massierte sie jeden Tag ein zart duftendes Öl in die Narbe an ihrem Oberschenkel und dankte Gott, dass sie diesen Mann hatte kennenlernen dürfen. Sie wusste, dass sie niemals zusammenkommen würden, aber er hatte ihr Leben gerettet!

Schon allein, dass er ihr geglaubt hatte und seine ganze Energie daraufgesetzt hatte, die Lösung für ihr gesundheitliches Problem zu finden, gab ihr das Gefühl, wichtig zu sein.

Weitere drei Monate später wurde Uta zur Nachuntersuchung in die Klinik bestellt. Verschiedene Tests standen an und sie sollte zwei Tage bleiben.

Da Uta mittlerweile gesund war, genoss sie die Wellnessabteilung des Krankenhauses ausgiebig. Doch eines Abends erfuhr Uta von ein paar Einheimischen beim abendlichen Bier, dass es der Klinik nicht gut ging. Jemand deutete Misswirtschaft an, ein anderer sprach von Veruntreuungen.

Am nächsten Tag fasste sie sich ein Herz und sprach den Professor darauf an. Erst wich er aus, doch dann gab er zu, dass er als ärztlicher Klinikleiter einen Direktor eingestellt hatte, der jahrelang in die eigene Tasche gewirtschaftet hatte. „Ich habe mich um meine Patienten gekümmert, das kann ich am besten", sagte der Professor bedauernd. „Ich habe es also nicht gemerkt, und als der Kollege von heute auf morgen verschwunden war, war der Bankrott nicht mehr aufzuhalten!"

„Das glaube ich nicht!", sagte Uta leidenschaftlich. „Eine solche Klinik muss doch zu halten sein! Lassen Sie mich das in Ordnung bringen, ich kann das!"

„Aber dazu müssten Sie hier vor Ort sein", wehrte der Professor ab. „Das kann ich nicht verlangen!"

Doch Uta akzeptierte keine Widerrede. Sie verdankte dem Professor so viel, dass sie sich freute, behilflich sein zu können. Also fuhr sie nach Hause, packte ihre Koffer und reiste zurück, um ihre neue Stelle als Chefbuchhalterin in der Klinik anzutreten.

Ihre Tochter Sophia blieb zunächst bei Mutter Ines und Uta kam in einer Pension unter.

Es war nicht leicht, sich in der Klinik durchzubeißen, denn die langjährigen Mitarbeiter misstrauten ihr. Sie waren ohnehin zutiefst verunsichert, weil sie um ihre Arbeitsplätze fürchten mussten. Zudem hatten sie Angst, dass man jedem einzelnen von ihnen vorwerfen würde, an der Veruntreuung beteiligt gewesen zu sein.

Mit diesem heftigen Widerstand hatte Uta gerechnet, aber sie hatte ihre eigene, fröhliche Art, damit umzugehen. Sie ließ sich in vielem helfen, weihte das Personal in alle Entscheidungen ein und konnte zum Schluss tatsächlich die Schwachstelle im Betrieb finden, die dazu geführt hatte, dass sich der Ex-Chef ungeniert und unbemerkt aus der Kasse hatte bedienen können.

Dann ging es daran, so zu wirtschaften, dass die Einnahmen die Ausgaben überstiegen und nicht umgekehrt. Aber Uta kürzte die Etats nicht ohne Rücksprache mit den Kollegen und mit Hendrik, dem Professor. Er hatte ihr nach einer längeren Sitzung das „Du" angeboten und sie war zu geschmeichelt gewesen, um es abzulehnen.

Noch immer waren die beiden auf Distanz und Uta ging ihm möglichst aus dem Weg. Sie hatte viel zu große Angst, sie würde sich in seiner Gegenwart verraten. Aus der Verliebtheit, die sie für ihn hegte, war längst Liebe geworden, aber er trug noch immer einen Ring am Finger und war damit tabu.

Als die Klinik das erste Mal wieder schwarze Zahlen schrieb und die Gefahr gebannt war, sie schließen zu müssen, organisierte Uta für die ganze Belegschaft ein Fest im Speisesaal. Es gab Spanferkel mit Kraut und Knödeln und für den Abend hatte sie eine Sängerin engagieren können.

Uta war überrascht, dass fast alle kamen – und dass sie gesammelt hatten, um ihr ein Geschenk zu machen. Feierlich überreichten sie ihr eine wunderschöne, roséfarbene Mohairdecke! „Ohne Sie hätten wir das nicht geschafft!", sagte Marianne vom Empfang und drückte ihr das flauschig weiche Prachtstück in die Hand.

Uta war so gerührt, dass sie Marianne in den Arm nahm und sich mit Tränen in den Augen bei der Belegschaft bedankte.

Doch wo war Hendrik? Diesen Moment des Glücks hätte sie so gerne mit ihm geteilt! Uta sah sich nach ihm um und entdeckte ihn am anderen Ende des Saals, wo er gegen den Flügel der Eingangstür lehnte, ein Glas Sekt in der Hand, und das rege Treiben im Saal beobachtete. Als er bemerkte, dass Uta ihn ansah, ging er gemächlich auf sie zu.

„Ich wollte dir ebenfalls schon gratulieren, Uta", sagte er mit seiner warmen Stimme, legte seine Finger sanft auf ihre Schulter. „Aber ich habe das Gefühl, du gehst mir aus dem Weg."

So direkt darauf angesprochen, konnte sie es nicht mehr leugnen. Aber hier war nicht der richtige Ort, um über ihre Gefühle zu sprechen. Als hätte er ihre Gedanken erraten, fragte er: „Wollen wir ein wenig nach draußen gehen?"

Sie nickte, zu ergriffen, um zu sprechen. Dann gingen beide nach draußen und liefen schweigend in den Klinikgarten, wo sie sich auf eine Bank setzten.

„Ist alles in Ordnung mit dir?", fragte er dann wieder besorgt. „Hast du Heimweh?"

„Nein", antwortete Uta. „Nur meine Tochter fehlt mir sehr!"

„Dann lass sie doch nachkommen! Wir suchen dir hier eine schöne, große Wohnung! Ich wollte dich ohnehin fragen, ob du nicht die kaufmännische Geschäftsleitung übernehmen kannst – du hast so viel Geschick gezeigt und die Belegschaft bewundert dich!"

Er sah sie lange an, aber sie brachte kein Wort heraus.

„Ich dich übrigens auch!", fügte Hendrik dann ganz leise hinzu. „Sehr sogar!"

Bei diesen Worten war er ihr immer nähergekommen – gefährlich nahe. „Nicht!", sagte Uta und hob abwehrend die Hand.

„Oh", sagte er und rückte wieder ab. „Schade. Ich hatte gehofft … ich dachte …", stammelte er.

„Ja, aber du bist doch verheiratet!", platzte es aus Uta heraus.

Hendrik sah sie sekundenlang ungläubig an. Dann begann er herzhaft zu lachen.

„Was ist so lustig?", fragte Uta verwirrt.

„Wie lange arbeitest du schon bei uns im Haus?", fragte er.

„Drei Monate", antwortete sie.

„Hast du jemals eine Frau an meiner Seite gesehen?"

„Nein, aber du trägst einen Ring!"

„Ja, aber wie alle in der Klinik wissen, äh, alle außer dir anscheinend, trage ich ihn nur, damit die Patientinnen denken, ich wäre verheiratet. Ich hatte schon Probleme mit allzu anhänglichen Damen …"

Jetzt musste auch Uta lachen. Sie war so erleichtert! So glücklich! So verliebt! Und während sie noch lachte, zog Hendrik sie an sich und dann küssten und küssten sie sich …

„Eigentlich bin ich ja auch nur eine Patientin, die sich in dich verliebt hat", sagte Uta atemlos zwischen zwei Küssen.

„Nein", antwortete er. „Du bist unsere neue Geschäftsführerin und wenn ich Glück habe, bald der Grund, warum ich einen richtigen Ehering trage!"

RÜHREI MIT PIPPI

Die Fahrt nach München hatte lange gedauert, aber jetzt war ich endlich in der kleinen Pension angekommen, die ich für diese Nacht gebucht hatte. Gleich am nächsten Morgen hatte ich ein Vorstellungsgespräch und weil ich dort ausgeruht erscheinen wollte, war ich bereits am Abend zuvor angereist.

Ich richtete mich in dem kleinen Zimmer ein und beschloss dann, noch etwas essen zu gehen. Ein paar Straßen weiter fand ich einen freien Platz in einem Biergarten. Noch bevor ich etwas bestellen konnte, kam vom Nebentisch ein kleiner, rotbrauner Hund auf mich zu und schaute mich interessiert an. „Na, wer bist denn du?", fragte ich und bückte mich, um den Hund zu streicheln.

„Das ist Pippi", hörte ich eine Stimme über mir sagen. Als ich den Kopf hob, erkannte ich einen großen, sympathischen Mann in meinem Alter. „Pippi von Pippi Langstrumpf, wegen der roten Haare."

„Aha", sagte ich und wunderte mich. „Ist das Ihr Hund?" So große Männer, dachte ich mir, haben normalerweise nicht so kleine Hunde.

„Nein, der meiner Schwester", antwortete der Mann lächelnd. „Sie ist in Urlaub, daher habe ich jetzt die Ehre, Pippi zu versorgen."

„Was ist das denn für eine Rasse? Sie ist so klein!"

„Das ist eine Bolonka-Hündin."

„Wie niedlich sie ist", sagte ich und streichelte das Tier weiter.

„Ja, aber anscheinend fehlt ihr weibliche Gesellschaft. Mit mir mag sie sich nicht so richtig anfreunden", gab der Mann zu.

Wie wenn sie es bestätigen wollte, richtete sich Pippi jetzt auf und legte ihre winzigen Vorderbeinchen auf meine Oberschenkel und tat so, als wolle sie auf meinen Schoß hüpfen.

„Ach, ich nehme sie gerne ein paar Minuten, wenn Sie erlauben", sagte ich und half Pippi auf meinen Schoß.

„Ja, aber sagen Sie Bescheid, wenn sie Ihnen lästig wird!", sagte der Mann und setzte sich wieder an den Nebentisch, wo ein paar Freunde auf ihn warteten. Ich nickte ihm zu und seufzte glücklich. Ich liebe Hunde und hätte gerne selbst einen, doch solange ich ganztags berufstätig war, ging das schlecht. Daher freute ich mich über diese unerwartete Begegnung und streichelte das kleine Tier. Die Hündin schien es zu genießen und schloss die Augen, während sie sich auf meinem Schoß entspannte. Wenn mir jetzt noch jemand etwas zu essen und zu trinken gebracht hätte … ich sah mich nach einem Kellner um.

Pippi schien diese Unruhe zu spüren und richtete sich auf meinem Schoß auf. Gerade wollte ich einem Ober winken, als mein Oberschenkel plötzlich heiß und feucht wurde. Ich erschrak und starrte die niedliche Hündin an, die auf meinem

Schoß in die Hocke gegangen war und sich seelenruhig erleichtert hatte.

„Das darf doch nicht wahr sein!", rief ich entsetzt aus und winkte dem Besitzer des Hundes: „Sie, kommen Sie mal bitte?"

Der Mann schien mich erst nicht zu hören, aber ich tat alles, um seine Aufmerksamkeit auf mich zu lenken. Schließlich bemerkte mich der junge Mann, stand auf und kam zu mir.

„Ich glaube nicht, dass Pippi nach Pippi Langstrumpf benannt wurde. Sie … hat mir gerade … auf den Oberschenkel gepinkelt", erklärte ich ihm, nahm die kleine Hündin und drückte sie dem Mann in die Hand.

„Was? Das kann ich nicht glauben. Das hat sie doch noch nie getan! Außerdem waren wir gerade Gassi", sagte der Mann ungläubig.

„Doch, schauen Sie, meine Hose ist ganz nass!" Ich deutete auf meinen linken Oberschenkel, wo die die Hose nicht mehr hellbeige, sondern schwarz vor Nässe war.

Der Mann starrte verblüfft darauf. „Ach du liebe Zeit", sagte er schließlich. „Das tut mir so leid. Wenn ich das geahnt hätte …"

„Das wäre alles halb so wild, wenn ich hier zuhause wäre. Aber ich bin hier in einer Pension untergebracht und fahre morgen wieder zurück. Ich habe nur diese Hose dabei und … die sollte morgen besser nicht nach Pipi riechen." Das war dem Mann sichtlich unangenehm und er war einen Moment lang genauso ratlos wie ich.

„Ich habe morgen ein wichtiges Bewerbungsgespräch", fügte ich hinzu, während ich verzweifelt
überlegte, wie ich jetzt an eine neue Hose kommen könnte. Die Läden hatten schon zu und mein
Bewerbungsgespräch war zu früh am Morgen, als
dass ich zuvor hätte einkaufen gehen können.

„Hören Sie", sagte der Mann plötzlich,
„ich wohne um die Ecke. Wenn es Ihnen nichts
ausmacht, dann kommen Sie doch mit und ich
werfe Ihre Hose in die Waschmaschine und in den
Trockner. So lange können Sie eine Jogginghose
von mir anziehen. Wäre das in Ordnung?"

Ich überlegte kurz. Ein Abendessen wäre
auch nicht schlecht gewesen, aber eine frische
Hose war wichtiger. Ich nickte.

Der Mann gab seinen Freunden am Nebentisch Bescheid, legte Pippi die Leine an und
ging mit ihr und mir nach draußen. Er wohnte tatsächlich nicht weit entfernt und stellte sich mir als
Steven vor. „Steven Köhler, wohnhaft hier im
dritten Stock. Möchten Sie laufen oder mit dem
Aufzug fahren?"

Wir nahmen alle drei die Treppe, wobei
Pippi von Steven getragen wurde. Dass er einen
Gast mit nach Hause brachte, fand sie anscheinend toll, denn als wir in der Wohnung waren,
brachte sie mir all ihre Spielsachen, die sie aus
sämtlichen Ecken zusammenklaubte.

Doch bevor ich mit ihr spielen konnte,
schloss ich mich im Bad ein, zog meine Hose aus,
wusch mich und zog danach eine frische

Jogginghose meines unfreiwilligen Gastgebers an. Sie war natürlich viel zu groß, aber sie gab warm.

Steven nahm meine Hose, ließ sich von mir in Sachen Feinwäsche beraten und verkündete dann: „Dauert 45 Minuten. Was kann ich Ihnen zu trinken anbieten?"

„Für mich nur ein Mineralwasser bitte. Ich glaube übrigens, wir könnten uns jetzt langsam mal duzen", antwortete ich, denn - ehrlich gesagt - begann mir mein Aufenthalt bei Steven Spaß zu machen. Er war schön eingerichtet und es war überraschend sauber bei ihm, obwohl er offensichtlich Junggeselle war. Die einzige Unruhe im Zimmer ging von Pippi aus, die unbedingt spielen wollte. Schließlich tat ich ihr den Gefallen.

„Du hast bestimmt auch Hunger", sagte Steven. „Ich habe leider nicht viel im Haus, aber ich könnte dir ein paar Rühreier anbieten."

„Das wäre großartig", antwortete ich und schluckte. Zum einen, weil ich jetzt erst bemerkte, wie hungrig ich war und zum anderen, weil ich mir mittlerweile Sorgen um meine Hose machte. Würde sie den Trockner überstehen?

Ich beobachtete, wie Steven ruhig in der offenen Küche eine Pfanne auf den Herd stellte und in einer Schüssel Eier verrührte.

„Was ist das für ein Bewerbungsgespräch morgen?", fragte er und ich erzählte ihm von der Stelle als Pressereferentin, die in einem großen technischen Unternehmen zu besetzen war. „Ich bin sicher nur eine von Hunderten, die sich auf diesen Job beworben haben. Allein, dass ich eingeladen wurde, ist schon ein Wunder! Da möchte ich natürlich den bestmöglichen Eindruck machen!"

„Verstehe", sagte Steven und servierte mir ein perfekt zubereitetes Rührei mit einer Scheibe dunklem Brot.

„Lecker", freute ich mich, „isst du nichts?"

„Nein, ich habe ja schon drüben im Biergarten gegessen", sagte Steven ein wenig verlegen.

„Ja, das hatte ich auch tun wollen", grinste ich, bevor ich mich über meinen Teller hermachte.

Bis die Hose gewaschen war, hatten wir uns über berufliche Belange ausgetauscht. Steven fragte nach meiner Ausbildung und erzählte im Gegenzug von seiner Arbeit in einer Versicherungsagentur. Dann überlegten wir lange hin und her, ob es eine Alternative zum Trockner gäbe, doch wir fanden keine. Also kam die Hose in den Trockner, wobei Steven den Knopf „Schongang" drückte. „In einer halben Stunde wissen wir mehr", sagte er dann.

In dieser halben Stunde beschloss Pippi, mich erneut mit Zärtlichkeiten zu überschütten, doch auf meinen Schoß durfte sie nicht mehr. Steven erzählte von seiner Schwester und dem Rest seiner Familie. Es kam eine vertrauliche Stimmung auf, als würden wir uns schon ewig kennen. Schließlich piepte der Trockner und Steven griff hoffnungsvoll hinein. Tatsächlich kam die helle Baumwollhose bügelglatt und einwandfrei aus der Trommel.

„Voila!", präsentierte Steven das gute Stück stolz, als hätte er nichts anderes befürchtet.

„Danke", strahlte ich, nahm meine Hose und zog mich mit ihr erneut ins Bad zurück.

Als ich wieder angezogen war, blieb ich in der Tür stehen, um mich zu verabschieden. „Ich sollte mich jetzt wirklich hinlegen, damit ich morgen fit bin. Aber danke für alles!"

„Ich bringe dich noch zur Pension", sagte Steven, „nicht, dass du dich verläufst!"

„Nicht nötig", protestierte ich, aber Steven deutete auf Pippi: „Sie muss auch noch einmal raus! Nicht, dass sie heute Nacht zu mir ins Bett steigt und die gleiche Nummer wie bei dir abzieht."

Wir lachten beide. Ich sah zu, wie Steven Pippi anleinte und wir liefen schweigend die paar Straßen bis zu der Pension, in der ich untergebracht war. Das wars jetzt, dachte ich. Rührei mit Pippi. Eigentlich schade.

„Ich wünsche dir für morgen alles Gute", sagte Steven, griff in seine Hosentasche und zog eine Visitenkarte heraus. „Falls du mir Bescheid geben magst, wie es ausgegangen ist, hier ist meine Telefonnummer."

Da war ich jetzt doch angenehm überrascht und strahlte. Das machte Steven Mut, denn er räusperte sich und fügte hinzu: „Ich würde dich gerne wiedersehen. Auch, wenn du den Job nicht bekommen hast."

Ich nickte und hätte auch gerne etwas gesagt, aber plötzlich fühlte ich mich so beklommen, dass ich gar nicht sprechen konnte. Ich wünschte mir diesen neuen Job noch viel, viel mehr als vorher, schon alleine deshalb, weil ich dann in die Nähe dieses tollen Mannes ziehen würde!

Weil ich nichts antwortete und Steven mich noch immer erwartungsvoll ansah, ergriff Pippi die Initiative und bellte Steven an. Der lachte mit Blick auf den Hund, schüttelte den Kopf und ging dann auf mich zu. Mit einem Arm zog er mich an sich und mit der Hand des anderen Arms strich er über mein Haar, während er mich zärtlich küsste.

„Sehen wir uns wieder?", fragte er dann.

Ich nickte, noch immer sprachlos, aber überglücklich.

Den Job habe ich leider nicht bekommen, aber München ist groß und jeden Tag werden neue Arbeitsplätze frei. Da wird der richtige Job für mich schon noch kommen.

Dafür hat es mit Steven geklappt. Ich habe ihn gleich am nächsten Nachmittag besucht und wir sind uns näher gekommen. Wir führen seither eine Fernbeziehung, aber ich bin bereits dabei, meine Sachen zu packen. Denn seit ich Steven kenne, ist das Leben ohne ihn kaum noch auszuhalten!

UNTERMIETER GESUCHT

Es war eine Traumwohnung: Vier Zimmer, meterhohe Wände, Stuck, echtes Parkett, ein Balkon, die Toilette extra … Ina und ihr Freund Rolf waren sofort Feuer und Flamme!

Dass die Wohnung in der Stuttgarter Innenstadt lag, machte sie teuer. Aber Ina und Rolf hatten beide ein sicheres Einkommen. Dennoch musste Ina schlucken, als sie hörte, wie hoch die Miete sein sollte.

Als sie den Zuschlag für ihre Traumwohnung bekamen, war es für Ina wie ein Lottogewinn. Überglücklich zogen die beiden wenige Wochen später ein.

Das Zusammenleben der beiden entwickelte sich allerdings weniger glücklich. Rolf wurde mehr und mehr zum Despoten, dessen Hilfe im Haushalt sich auf ein Minimum beschränkte. Das sorgte für erste Missstimmungen.

Zudem schmeckte Rolf nicht, was Ina kochte, denn sie war Vegetarierin und achtete auf ihre Ernährung. Rolf aß gerne Fleisch, am liebsten mit Pommes Frites und einem Bier. Dass die zwei so unterschiedliche Ernährungsgewohnheiten hatten, war ihnen früher niemals aufgefallen. Jetzt gaben sie Anlass zu weiteren Missstimmungen.

Irgendwann waren sie schon gereizt, wenn sie sich nur sahen und gerieten dauernd in Streit. Zwei Jahre, nachdem Rolf und Ina in ihre

Traumwohnung gezogen waren, war ihre Beziehung gescheitert.

Rolf löste das Problem auf seine Weise. Er lernte eine andere Frau kennen und zog Hals über Kopf bei ihr ein. Großzügig überließ er Ina ein paar gemeinsam gekaufte Möbelstücke und war weg.

Inas Gefühle fuhren Achterbahn. Einerseits war sie verletzt, weil Rolf sie so schnell ersetzt hatte. Andererseits war sie erleichtert, weil jetzt alles vorbei war und sie nach vorne schauen konnte. Allerdings blieb nun alles an ihr hängen: die horrende Miete, die sie alleine gar nicht zahlen konnte, und die Suche nach einer neuen Wohnung, in die unmöglich alle Möbel passten …

„Und wenn ich ein Zimmer untervermiete?" Dieser Gedanke kam ihr abends, als sie durch die liebevoll eingerichteten Zimmer ging. Eins davon war Rolfs Arbeitszimmer gewesen. Es war groß und hatte sein Fenster zum ruhigen Innenhof des Hauses. Sie könnte es ausräumen und dann inserieren. Es gäbe bestimmt viele Studentinnen, die sich freuten, ein hübsches Zimmer in einer Wohngemeinschaft beziehen zu können. Bad, Toilette und Küche würden sie sich natürlich teilen müssen.

Auf ihr Inserat in der Tageszeitung meldeten sich innerhalb von wenigen Stunden so viele Menschen, dass Ina aus Verzweiflung das Telefon ausstöpselte. Bis dahin hatte sie sich mit mindestens zwanzig Frauen und drei Männern unterhalten, die alle bei ihr einziehen wollten – aber niemand davon war ihr sympathisch gewesen.

Ina holte tief Luft und steckte den Telefonstecker zurück in die Buchse. Es klingelte augenblicklich.

„Hallo", meldete sie sich.

„Guten Tag, mein Name ist Manfred Gerber", meldete sich eine angenehme Männerstimme. „Ich rufe wegen des Zimmers an. Ist es noch zu vermieten?"

Ina bejahte und die beiden kamen sofort in ein lockeres Gespräch. Manfred war in einer ähnlichen Situation wie Ina: Eine Beziehung war zu Ende gegangen und er wollte aus der gemeinsamen Wohnung ausziehen. Ein Zimmer in einer Wohngemeinschaft würde ihm fürs Erste genügen.

Manfred sprach leise, ernst und eindringlich. „Ich habe nur ein Problem", meinte er. „Ich habe eine Katze."

Ina lachte, denn sie hatte sich schon immer eine Katze gewünscht. Es hatte nur immer viele Gründe gegeben, sich keine anzuschaffen.

„Wann kann ich Sie denn kennenlernen, Sie und Ihre Katze?", fragte Ina daher.

„Mich können Sie gleich kennenlernen und ich bringe auch Fotos von meiner Minka mit. Aber sie zu einem Besuch mitzubringen, wäre für Minka zu stressig. Sie ist schon siebzehn Jahre alt."

So viel Treue eroberte Inas Herz im Sturm. Sie war sehr gespannt auf diesen Mann und lud ihn noch für den gleichen Abend ein, sich das Zimmer anzusehen. Dann stöpselte sie ihr Telefon wieder aus, um bis dahin ihre Ruhe zu haben.

Er stand keine halbe Stunde später vor der Haustüre, eine Flasche Rotwein in der Hand. „Vielen Dank, dass ich kommen durfte", sagte er, als er sie Ina in die Hand drückte.

„Gerne", antwortete sie und ließ ihn herein. Ihr Herz hüpfte. Dieser Manfred war ihr auf Anhieb sympathisch.

Als er die Wohnung betrat, bewunderte er gleich die hohen Wände, das gepflegte Parkett und den zierlichen Stuck. Ina zeigte ihm die ganze Wohnung und zum Schluss Rolf ehemaliges Büro. Manfred war beeindruckt.

Ja, sagte er, er könne sich gut vorstellen, hier zu wohnen!

Ina lächelte und lud ihn in die Küche ein, wo sie zusammen den Wein öffneten und miteinander tranken. Manfred zeigte ihr Bilder von seiner Katze und erzählte, wie er sie vor über fünfzehn Jahren aus einem Tierheim geholt hatte, weil er ihre Zeichnung so lustig fand.

Ina schmunzelte. „Wir sollten uns duzen", meinte sie dann. „Wann magst du denn einziehen?"

Manfred war völlig geplättet von dieser spontanen Entscheidung. „Ich komme gleich morgen und bringe meine Minka mit!"

Tatsächlich brachte Manfred am nächsten Nachmittag nicht nur Minka, sondern auch einen Farbeimer und ein paar Malutensilien mit, um das Zimmer zu streichen, das er beziehen wollte.

Minka schnupperte sich unterdessen durch sämtliche Zimmer. Dass sie umziehen sollte, schien sie nicht sonderlich zu irritieren, denn nach einer Weile legte sie sich laut schnurrend auf Inas Sofa und schlief.

Weil das frisch gestrichene Zimmer noch nach Farbe roch, übernachtete Manfred in dieser Nacht neben Minka auf dem Wohnzimmersofa. Er trank mit Ina noch ein Glas Wein, bevor sie sich Gute Nacht sagten und Ina sich in ihr Schlafzimmer zurückzog.

Es war von Anfang an alles sehr harmonisch zwischen den beiden. Bald verbrachten sie ihre Freizeit miteinander und redeten viel. Sie kochten zusammen und Ina stellte erfreut fest, dass sie beide Vegetarier waren. Danach sahen sie oft zusammen fern, gingen ins Kino oder spielten Karten.

Sie waren wie beste Freunde, aber Ina stellte irritiert fest, dass ihr Manfred auch als Mann gefiel. Aber ihr war ihr friedliches Zusammenleben so viel Wert, dass sie es nicht mit einem unbedachten Flirt zerstören wollte.

Es waren schon zwei, drei Monate nach Manfreds Einzug vergangen, als unverhofft Rolf anrief. Er hatte sich nun auch von seiner neuen Freundin getrennt, war auf Wohnungssuche und hoffte, dass er Ina von den gemeinsam gekauften Möbelstücken noch den Esstisch abschwatzen konnte.

„Lass uns in Ruhe darüber reden", sagte sie am Telefon und lud ihn für den Abend ein. Doch ein ruhiges Gespräch wurde es nicht.

Als Rolf die Katze sah, versuchte er noch, freundlich zu sein, aber kaum hatte er verstanden, dass „sein" Arbeitszimmer vermietet war, begann er, Krach zu schlagen. „Sag mal, spinnst du?", fragte er aggressiv und nach einem heftigen Wortwechsel wurde er bitter: „So schnell war ich also abgemeldet!"

„Du bist zu einer anderen Frau gezogen!", konterte Ina.

„Ja, aber doch nur, weil es mit dir nicht auszuhalten war!", schrie er sie an.

Manfred, der sich bislang taktvoll zurückgezogen hatte, stand in diesem Moment plötzlich in der Tür.

„Ich glaube, Sie gehen jetzt besser", sagte er in seiner ruhigen und bedächtigen Art zu Rolf.

Rolf sah rot und wollte auf Manfred losgehen, aber im allerletzten Moment registrierte er noch, dass Manfred einen Kopf größer und ein gutes Stück breiter war als er selbst. Und Manfred wich keinen Zentimeter!

Die beiden Kontrahenten starrten sich fast eine Minute lang an, dann gab Rolf klein bei. „Ich geh dann mal", sagte er zu Ina. „Den Esstisch kannst du behalten!"

Und schon rauschte er hinaus.

Manfred war in zwei Schritten bei Ina und nahm sie in den Arm. „Bereust du, dass Du das Zimmer vermietet hast?", fragte er und sah sie aufmerksam an.

„Nein", antwortete Ina und lächelte. „Ganz im Gegenteil!"

Und dann küsste er sie. Endlich.

EINE WANDERTOUR
MIT FOLGEN

„Was meinst du, machen wir das?" Meine Freundin Julia sah mich hoffnungsvoll an. In der Hand hielt sie einen Flyer, mit dem der Pfalzverein für seine Wanderungen rund um den Pfälzer Wald warb.

Eine dieser Wanderungen hatte es Julia besonders angetan: Der Schusterpfad in Hauenstein. Er war etwas mehr als 15 Kilometer lang und führte bis in 400 luftige Höhenmeter.

„Na, ob wir eine so gute Kondition haben?", fragte ich mit gehobener Augenbraue zurück. „Wann bist du denn das letzte Mal gewandert?"

„Ach, das ist doch noch gar nicht so lange her", behauptete Julia, aber ich war mir sicher, dass sie sich kaum noch daran erinnern konnte. „Komm, wir machen das!", forderte sie mich auf und ich ergab mich in mein Schicksal: „Meinetwegen!"

Wir trafen uns am vereinbarten Sonntagvormittag auf dem Parkplatz eines Supermarkts in Hauenstein. Mit Julia und mir waren es elf Teilnehmer, die von einer stattlichen Wanderführerin namens Elsa betreut wurden. Elsa prüfte bei allen Teilnehmerinnen und Teilnehmern das Schuhwerk, bevor sie jede einzelne Sohle abnickte und die Wanderung beginnen konnte.

Julia wurde gleich in den ersten zehn Minuten puterrot, denn die Wanderung startete mit einem Anstieg. Ich lachte ein wenig hämisch, als ich meine Freundin keuchen sah. „Und das ist erst der Anfang", stichelte ich. Im Gegensatz zu Julia bin ich eher sportlich und der Anstieg machte mir nichts aus.

Nach einer kurzen geraden Strecke ging es erneut in die Höhe. Dieses Mal keuchten fast alle Teilnehmer – selbst ich! Dafür wurden wir mit einer spektakulären Aussicht auf Hauenstein belohnt.

„Schauen Sie genau hin", empfahl Else. „Sie werden in ein paar Stunden ebenfalls auf Hauenstein herabsehen, aber dann von der gegenüberliegenden Seite!"

Bis dahin ging es allerdings erst noch einmal den Berg hinunter, dann durch ein Neubaugebiet, einen Teil der Stadt und schließlich den gegenüberliegenden Berg hinauf. Jetzt begann der schönste Teil der Wanderung, der über Felsformationen in abenteuerlichen Wegen durch den Wald führte und immer wieder Ausblicke auf die kleine Pfälzer Stadt freigab.

Julia war restlos begeistert, auch wenn sie bereits nach einem Drittel der Wanderung ihre Füße deutlich spürte. Zudem wollte sich eine Blase an ihrer Ferse bilden, aber Elsa hatte Pflaster einstecken und versorgte die wunde Stelle an Julias Fuß.

Beim weiteren Auf und Ab der Wanderung vergaß Julia ihre Füße wieder und war eine der ersten, die am sogenannten Hühnerstein die Eisensteigleiter hinaufkletterte. „So eine Aussicht!", jubelte sie, aber ich blieb lieber auf der Bank unter dem Stein sitzen: Ich bin nämlich nicht ganz schwindelfrei.

Nur wenige Kilometer später kamen wir am Wanderheim „Dicke Eiche" an. „Zwei Drittel der Wanderung habt ihr jetzt geschafft", lobte Else. „Zeit für eine halbe Stunde Pause!"

Es gab Linsensuppe mit Würstchen, kalte und warme Getränke. Julia und ich deckten uns ein, bevor wir an einem der vielen Tische Platz nahmen. „Das war eine echt schöne Idee mit der Wanderung!", musste ich nun zugeben.

„Ja, nicht wahr?" Julia strahlte, aber dann gestand sie mir, dass sie am liebsten von hier aus mit dem Taxi zurück an den Parkplatz fahren würde. Die lange Strecke machte ihr zu schaffen, doch auch sie genoss die Stimmung: „Es macht Spaß, in einer Gruppe zu wandern und diese Else hat es echt drauf!"

„Ja, sie ist anscheinend auf alles vorbereitet", bestätigte ich und dachte an das Blasenpflaster, das die Wanderführerin vor ein paar Stunden aus ihrem Rucksack gezaubert hatte. „Aber ich fürchte, ein Taxi hierherzubestellen, um dich abzuholen, wäre jetzt echt peinlich. Ich jedenfalls möchte gerne weiterlaufen."

Julia nickte und lachte gleichzeitig, behauptete, sie hätte nur Spaß gemacht und löffelte weiter ihre Linsensuppe. Wir liebäugelten beide mit einem Stück Kuchen, doch dann siegte die Vernunft: Würden wir jetzt zu viel essen, würden wir träge werden und hätten dann wirklich keine Lust mehr auf das letzte Drittel des Weges.

Also gaben wir unser benutztes Geschirr ab und gingen nach draußen, wo sich nach und nach alle Wanderteilnehmer sammelten. Else winkte und schon ging es los.

Julia lief irgendwie unrund und fand nicht in ihren Wanderrhythmus zurück. Der Träger ihres Rucksacks irritierte sie, denn anscheinend war er verdreht. Julia nestelte an ihm herum, wobei sie keine Acht auf den Schotter hatte, der an dieser Stelle für den landwirtschaftlichen Zulieferverkehr gestreut war. Sie stolperte, fiel direkt auf das Gesicht und blieb regungslos liegen.

„Julia", rief ich entsetzt, denn meine Freundin war so schnell gestürzt, dass ich es nicht hatte verhindern können. Ich kniete neben Julia und versuchte vorsichtig, ihren Kopf zu heben. Ein Glück, kein Blut, dachte ich, aber Julia war nicht ansprechbar.

Inzwischen war auch Else dazu geeilt, eine Packung Goldfolie in der Hand. „Julia, hören Sie mich?", fragte sie, während sie die Goldfolie öffnete und auf die am Boden liegende Frau legte.

„Ja …", krächzte Julia.

„Oh, Sie sind wieder bei uns. Das ist gut. Bleiben Sie einfach liegen, wir kümmern uns um Sie!", sagte Else zu ihr, dann drehte sie sich um und rief einem der Teilnehmer zu: „Wir haben hier keinen Handyempfang. Laufen Sie zurück zur Dicken Eiche und rufen Sie den Rettungswagen!"

Der so angesprochene Mann rannte sofort los.

„Der Rettungswagen kommt sicher bald", sagte Else zu Julia. „Denken Sie, wir können Sie auf den Rücken drehen oder tut etwas weh?"

„Mein Kopf, meine Nase ...", jammerte Julia.

„Sonst nichts?"

Als Julia diese Frage verneinte, bat Else mich und die anderen Teilnehmer, ihr dabei zu helfen, Julia vorsichtig umzudrehen. Ich kniete mich hinter meine Freundin, sodass ich deren Kopf auf meine Oberschenkel legen konnte. Dann schlugen die anderen Julia erneut in die Goldfolie ein, damit ihr nicht kalt wurde.

So harrten wir aus, bis der Mann zurückkam, der in der Dicken Eiche den Rettungswagen gerufen hatte. „Es wird eine Weile dauern", sagte er. „Sie müssen durch den Wald fahren und unterwegs einen Notarzt auftreiben."

Julia hatte mittlerweile die Augen wieder geschlossen. Ihr Gesicht schwoll an und verfärbte sich, aber sonst war nur ein kleiner Schnitt in der Wange sichtbar, den wohl ein Schotterstein hinterlassen hatte.

„Der Krankenwagen kommt gleich", sagte Else immer wieder, obwohl weit und breit nichts von einem Wagen zu hören oder zu sehen war. Dafür kam plötzlich ein anderes Geräusch auf: das eines Hubschraubers!

„Sie werden dich doch nicht etwa mit einem Rettungshubschrauber holen wollen", versuchte ich zu scherzen, aber wohl war mir nicht. Meine Freundin war kurz bewusstlos gewesen – das konnte alles Mögliche bedeuten. Mindestens eine Gehirnerschütterung, vermutete ich, aber ich muss zugeben, dass ich medizinisch kaum bewandert bin.

Schließlich verklang das Hubschraubergeräusch und es wurde beängstigend ruhig. Noch stand die Sonne so hoch, so dass wir alle eine Chance hatten, bei Tageslicht nach Hauenstein zu kommen, aber unsere Stimmung war düster.

„Tut mir leid, dass ich euch alle aufhalte", unterbrach Julia kläglich die Stille.

„Das muss Ihnen nicht leid tun", beschwichtete Else und ich streichelte vorsichtig über Julias angeschwollene Wange.

Schließlich dröhnte ein anderes Geräusch zu uns: Ein Wagen näherte sich. Wieder kam Leben in die Truppe. Alle hielten Ausschau nach dem ersehnten Fahrzeug und winkten es schließlich zu uns.

„Tut mir leid, dass es so lange gedauert hat", sagte der Fahrer, nachdem er mit seinen

Kollegen aus dem Wagen gesprungen war. „Wir mussten erst einen Notarzt einfliegen lassen."

Jetzt redeten alle durcheinander, während sie um den Rettungswagen herumstanden. Hatten sie doch richtig gehört, ein Rettungshubschrauber hatte über ihnen gekreist. Wie spannend!

Da brach sich ein großer, kräftiger Mann Bahn durch die Menge und lief zu Elsa, Julia und mir, die wir immer noch auf dem Boden saßen. „Ah, da ist ja unsere Patientin", sagte er zur Begrüßung, setzte seine Tasche ab und kniete sich neben Julia. „Guten Tag, Brandt ist mein Name. Ich bin Arzt. Wie geht es Ihnen?"

„Ach, ganz gut, aber noch liege ich ja bequem auf den Schenkeln meiner Freundin. Wie sehe ich denn aus?", fragte Julia und sah zu dem Arzt hoch.

„Also ich finde, Sie sehen ganz gut aus, ein wenig geschwollen, aber meiner Ansicht nach haben Sie noch immer gute Heiratschancen. Hat jemand einen Spiegel dabei?"

Ich kramte in meinem Rucksack und reichte meinen Handspiegel nach vorne, so dass Julia ihn greifen konnte. Als sie ihre Schwellungen sah, entwischte ihr eine Träne.

„So schlimm wie Sie denken, ist es sicher nicht. Wir müssen es aber abklären. Können Sie sich denn an den Unfall erinnern?", fragte der Arzt.

Julia nickte. „Ich habe nicht aufgepasst und dann bin ich gerutscht …" Jetzt weinte sie.

„Waren Sie gleich danach ansprechbar?", hakte der Arzt nach. Seine Stimme war warm und er schien alle Zeit der Welt zu haben.

„Nein, sie war einen Moment weggetreten", antwortete ich für Julia. Noch immer lag Julias Kopf auf meinen Knien und langsam schliefen mir die Beine ein.

„Wie lange?", frage der Notarzt.

„Nur ein paar Momente lang, vielleicht ein, zwei Minuten", antwortete ich unsicher.

Der Arzt schien zu überlegen. Dann kam er zu einem Schluss: „Wir werden Sie sicherheitshalber mit der Trage abtransportieren", bestimmte er und gab den Sanitätern ein Zeichen.

„Darf ich mitfahren?", fragte ich. „Sie ist meine Freundin, wir haben die Wanderung zusammen gemacht."

Der Arzt schüttelte den Kopf. „Tut mir leid, das geht leider nicht", antwortete er. „Aber vielleicht holen Sie Ihr Auto und kommen dann nach? Wir bringen sie in die Felsenland Klinik nach Dahn. Bis Sie kommen, wissen wir mehr!"

Ich nickte. Bedrückt lief ich mit meiner Gruppe den Rest der Wanderstrecke hinunter nach Hauenstein. Selbst die Waldkirche, an der wir vorbeikamen und deren Glocken man mit einem Handzug zum Klingen bringen konnte, interessierte mich nicht mehr. Ich machte mir Sorgen um meine Freundin, aber da war noch ein anderes

Gefühl: Er hatte mir gefallen, dieser Arzt, der so freundlich mit Julia gesprochen und so viel Ruhe ausgestrahlt hatte.

Ich brachte diesen letzten Teil der Wanderung hinter mich, bedankte mich bei Else für alles und fuhr dann mit dem Wagen in die Klinik. Es dauerte eine Weile, bis ich das Zimmer fand, in dem Julia untergebracht war. Fast erwartete ich, die Freundin in Gips zu sehen, doch nur die Nase war mit einem kräftigen Pflaster beklebt.

„Wie geht es dir?", fragte ich erleichtert.

„Gut", antwortete Julia vergnügt, wobei sie das geschwollene Gesicht zu einem Lächeln verzog. „Ich habe mir die Nasenwurzel gebrochen. Mehr nicht. Sie müssen es nicht operieren, ich muss die Nase nur kühlen." Zum Beweis hielt Julia ein Kühlkissen hoch, das sie sich vorsichtig an die Nase legte.

„Sonst nichts?"

„Nein, Glück gehabt. Nur der Schreck. Ich muss über Nacht hierbleiben, zur Sicherheit. Dem Arzt hast du übrigens gefallen."

„Welchem Arzt?", fragte ich ungläubig.

„Na, dem Notarzt, der mich hierhergebracht hat."

„Woher willst du das denn wissen?"

„Nun, als wir im Rettungswagen in die Klinik fuhren, versuchte er dauernd herauszufinden, wer denn die Frau gewesen wäre, auf deren Knie ich lag und ob wir schon lange befreundet seien und wie wir befreundet seien und ob du einen Freund hast oder so …"

„Das wollte er alles wissen?", fragte ich empört. „Das ist aber ganz schön unverschämt."

„Nun, so plump war er nicht, wie ich es dir gerade erzählt habe, aber sein Interesse war unüberhörbar. Gebrochene Nase hin oder her, doof bin ich nicht. Er hat sich ganz ruhig mit mir unterhalten, aber er hat das Thema immer geschickt auf dich gelenkt."

Ich lachte verlegen auf. „Mir gefiel er auch. Aber was nun? Jetzt ist er bestimmt schon über alle Berge!"

Julia griff nach meiner Hand und sagte halb im Scherz, halb im Ernst: „Hör mal, wenn ich mir schon extra die Nase breche, damit du mal einen vernünftigen Kerl kennenlernst, dann kannst du doch auch einmal die besorgte Freundin spielen. Er heißt Brandt. Dr. Benjamin Brandt. Du gehst jetzt da raus auf die Station und fragst nach ihm."

„Dr. Brandt ist Notarzt", erklärte ich Julia kopfschüttelnd. „Der arbeitet doch gar nicht auf dieser Station. Er ist bestimmt schon längst bei seinem nächsten Einsatz."

Julia stutzte. Dann langte sie sich mit der Hand an die Stirn. „Du hast recht", bestätigte sie. „Daran hatte ich gar nicht gedacht."

„Und sie haben ihn mit dem Rettungshubschrauber einfliegen müssen. Wer weiß, wo er herkommt und wo er heute Dienst hat."

Wir sahen uns ratlos an. „Das wars dann mal mit dem tollen Mann", fasste ich die Situation zusammen, zuckte mit den Schultern und wechselte das Thema.

Ich versprach, Julia am nächsten Morgen abzuholen und nach Hause zu bringen. Gerade als ich gehen wollte, klopfte es an der Tür. Julia und ich sahen uns überrascht an.

„Herein", rief Julia.

Die Tür öffnete sich und Dr. Brandt steckte seinen Kopf ins Zimmer. „Wie geht es Ihnen? Darf man stören?", fragte er und seine Augen leuchteten, nachdem er auch mich entdeckt hatte.

„Gut geht es mir, danke", antwortete Julia und winkte ihn hinein. „Nur die Nase ist gebrochen, sonst fehlt mir nichts. Kommen Sie Ihre Notfallpatienten immer besuchen?", fügte sie dann keck hinzu.

„Nur wenn mich die Patientin besonders interessiert", witzelte er, bevor er sich mir zuwandte. „Oder deren beste Freundin."

Ich wurde rot, wusste aber nicht, was ich sagen sollte.

„Ich bin furchtbar müde", log Julia plötzlich. „Könntet ihr beide mir einen Gefallen tun und gehen? Am besten geht ihr etwas essen, Christine hat ja seit der Dicken Eiche nichts mehr gehabt, während ich hier im Krankenhaus gut versorgt wurde. Die Rechnung geht auf mich."

„Kommt gar nicht infrage", antwortete Dr. Brandt schnell. „Ich lade Sie ein", sagte er zu mir gewandt. „Wenn Sie überhaupt mit mir essen gehen möchten."

„Ich bin am Verhungern", gestand ich. „Erst die Wanderung, dann der Schreck mit Julia …"

„Ich kenne da einen netten Italiener", sagte Dr. Brandt und lächelte.

„Haben Sie denn keinen Notdienst mehr?", hakte ich nach.

„Nein", antwortete der Arzt, „schon seit einer halben Stunde nicht mehr. Ich bin jetzt Privatmann."

Als ich am nächsten Morgen Julia abholte, wurde ich mit einem neugierigen: „Na, wie war es?" begrüßt.

„Also", antwortete ich, um sie ein wenig auf die Folter zu spannen. „Sagen wir einmal: Dein Einsatz hat sich gelohnt. Sich die Nase zu brechen, nur damit ich einen vernünftigen Mann kennenlerne, war zwar riskant, aber erfolgreich. Dieser Mann ist wirklich … toll! Ich hoffe, ich kann mich da einmal revanchieren!"

„Brauchst du nicht", strahlte Julia. „Stell dir vor, wer gestern Abend noch hereingeschaut hat? Der Mann aus der Wandergruppe, der zur Dicken Eiche gerannt ist und den Rettungswagen für mich gerufen hat. Er wollte sich auch nach meinem Befinden erkunden. Eric heißt er und ist übrigens sehr niedlich, auch wenn mir das während der Wanderung nicht aufgefallen ist."

Es sollte noch eine Weile dauern, bis die Schwellungen in Julias Gesicht zurückgingen und man nichts mehr von dem unglücklichen Sturz bei der Schusterpfad-Wanderung sehen konnte.

In der gleichen Zeit festigte sich das Glück zwischen mir und Benjamin. Er wohnte gar nicht so weit von mir entfernt, wie ich gedacht hatte, nur weil sie ihn am Unglückstag mit dem Rettungshubschrauber eingeflogen hatten.

Auch Julia und Eric fanden zueinander, und da wir alle unsere Liebe einem Wanderausflug zu verdanken hatten, beschlossen wir Vier, in Zukunft öfter zusammen wandern zu gehen.

Demnächst haben wir wieder den Schusterpfad in Hauenstein im Sinn. Denn dort gibt es eine Waldkirche, deren Glocken man mit einem Handzug zum Klingen bringen kann. Ich möchte sie Julia zeigen, die sie damals ja nicht gesehen hat. Bei dieser Gelegenheit versuchen wir, herauszufinden, ob man in dieser Kirche heiraten kann. Wir denken an eine Doppelhochzeit ...

FINDERLOHN

„Wie geht es dir?" Ina beugte hatte sich über ihre Tante Gerda gebeugt, die gerade aus der Narkose erwachte. Gerda lächelte als Antwort, schlief aber sofort wieder ein.

Ina war noch da, als ihre Tante aus dem Aufwachraum in ihr Zimmer geschoben wurde. „So schön, dass du da bist, danke", flüsterte Gerda mit Tränen in den Augen. Ina strich ihr über das Gesicht.

„Ich muss doch nach meiner Lieblingstante schauen!", lächelte sie. „Und, wie geht es dir jetzt?"

Gerda ging es den Umständen entsprechend. Man hatte ihr eine künstliche Hüfte implantiert und sie rechnete damit, mindestens eine Woche im Krankenhaus bleiben zu müssen. Wie gut, dass sie so eine Nichte wie Ina hatte! Ina würde dafür sorgen, dass es ihr an nichts fehlte.

Tatsächlich hatte Ina ihre Tante Gerda schon immer besonders gemocht. Gerda war immer diejenige gewesen, an die sie sich wenden konnte, wenn sie ein Problem hatte. Die erste Fünf in einer Klassenarbeit, Ärger mit den Eltern, der erste Liebeskummer … Tante Gerda hatte immer ein offenes Ohr und einen guten Rat für ihre Nichte.

Da war es für Ina selbstverständlich, für Gerda da zu sein, wenn es ihr einmal nicht so gut ging. Heute saß sie aber nicht lange an deren

Krankenbett, denn dazu war Gerda viel zu müde. Ina küsste sie zum Abschied und versprach, am nächsten Tag wiederzukommen.

Als sie vor dem Krankenhaus stand, stellte Ina fest, dass es zu schneien begonnen hatte. Große Flocken fielen leise auf das Gras des Klinikparks. Spontan entschied Ina, dort noch ein wenig spazieren zu gehen. Sie schlenderte durch die verschlungenen Wege, an den verwaisten Sitzplätzen und den kahlen Bäumen vorbei. Es war dunkel geworden, aber die Parkbeleuchtung und der leise fallende Schnee sorgten für eine heimelige Atmosphäre.

Da! Plötzlich bemerkte Ina etwas, das senkrecht aus dem frischen Schnee ragte. Neugierig trat sie näher, bis sie erkannte, dass es ein Smartphone war – dessen Display gerade im feuchten Schnee versinken wollte. Ina hob das Handy auf und wischte es mit ein paar eilends aus der Handtasche gezogenen Papiertaschentüchern ab. Wem das wohl gehört, fragte sie sich und sah sich um. Aber um sie herum war Dunkelheit und Stille. Nur hinter den Fenstern der Klinik war Licht und Leben. Vermutlich bekamen die Patienten jetzt ihr Abendessen. Im Park hielt sich niemand mehr auf.

Ich bringe es zum Fundbüro, dachte Ina, aber sie war neugierig geworden. Sie könnte doch wenigstens einmal schauen, ob es noch funktionierte und dann vielleicht herausfinden, wem es gehörte.

Ina setzte sich auf eine Parkbank und sah sich ihren Fund genauer an. Das Handy war in Betrieb, offensichtlich war der Akku noch voll. Aber natürlich war es mit einer Zahlenkombination gesperrt – und außer, dass der Besitzer des Handys bereits zwei Anrufe in Abwesenheit hatte, konnte Ina nichts herausbekommen.

Also doch zum Fundbüro, seufzte sie und wollte das Handy gerade in die Handtasche stecken, als es laut klingelte. Ina zuckte vor Schreck zusammen und hätte es beinahe wieder fallengelassen. Sie sah auf das Display und erkannte, dass es der Anrufer war, der bereits zwei Mal angerufen hatte. Zögernd ging sie ans Telefon und sagte: „Hallo?"

„Oh, Gott sei Dank, Sie haben mein Handy gefunden! Wo ist es denn?", fragte eine fremde Männerstimme aufgeregt.

Ina lachte. „Es lag im Park des Klinikums. Im Gras und es war frisch eingeschneit! Es wundert mich, dass es noch funktioniert."

„Ich bin so froh, dass Sie es gefunden haben. Da fällt mir ein riesiger Stein vom Herzen. Kann ich es gleich abholen? Wo sind Sie denn? Noch in diesem Park?"

Ina bejahte, bat den Unbekannten aber, sich mit ihr in einem in der Nähe gelegenen Lokal zu treffen. Sie wollte jetzt nicht in der Dunkelheit und Kälte eines einsamen Parks auf einen fremden Mann warten.

Der Fremde war einverstanden und so trafen sie sich eine halbe Stunde später in dem von Ina ausgesuchten Lokal. Ina saß bereits an der Theke und erkannte ihn sofort: Er sah so gepflegt aus, wie es seine Stimme hatte vermuten lassen, aber in seinem Äußeren lag etwas Gehetztes – als hätte er gerade sein Smartphone verloren.

Statt einer Begrüßung hielt sie es ihm hin und sichtlich erleichtert nahm er es entgegen. „Puh! Die ganzen Kontakte, die ich da drin habe, die Telefonnummern, die Fotos ..."

Ina lächelte wissend. Sie hätte ihr Smartphone auch nicht gerne verloren.

„Aber ich habe mich noch gar nicht vorgestellt. Herbert Burgmann heiße ich. Ich habe meine Mutter im Krankenhaus besucht und bin mit ihr noch ein wenig im Park spazieren gegangen, da muss ich mein Handy wohl verloren haben ..."

Und schon waren die beiden im Gespräch. Ina erzählte von ihrer kranken Tante und Herbert sprach von seiner Mutter. Die beiden tranken ein Glas Wein zusammen, kamen von einem Thema zum nächsten und weil sie sich sympathisch waren, beschlossen nach einer Weile, das Lokal zu wechseln und in einem schönen Restaurant essen zu gehen. Es wurde ein wunderschöner, langer Abend!

Ina hatte ganz kleine Augen, als sie gleich am nächsten Morgen ihre Tante besuchte. „Oh je, da hat aber jemand eine Nacht durchgemacht", erkannte Gerda sofort und grinste anzüglich.

„Naja, nicht die ganze Nacht, aber ich hatte einen schönen Abend", erklärte Ina und wurde ein wenig rot.

„Ich will alles wissen!", erklärte Gerda und setzte sich in ihrem Krankenbett auf.

Ina erzählte ihr, was sie seit ihrem letzten Besuch alles erlebt hatte.

„Und, hast du einen Finderlohn bekommen?", fragte Gerda.

„Einen Finderlohn? Bekommen?", fragte Ina verwundert zurück. „Ich habe die Liebe meines Lebens gefunden. Eigentlich bin ich diejenige, die einen Finderlohn bezahlen müsste. Ich weiß nur nicht, an wen!"

„Na, an mich natürlich", meinte Gerda vergnügt. „Wäre ich hier nicht operiert worden, wärst du niemals in den Park gegangen! Wenn ich aus der Klinik entlassen werde, müsst ihr mich unbedingt zum Essen einladen. Ich würde deinen neuen Freund nämlich gerne kennenlernen!"

„So machen wir das", bestätigte Ina und errötete erneut. „Ich will ja auch, dass du ihn kennenlernst. Wir brauchen schließlich deinen Segen!"

„Wie so ernst ist es schon? Nach nur einem Abend?", fragte Gerda verwundert.

„Weißt du", antwortete Ina, „wenn es passt, dann passt es eben!"

WOHER WUSSTE ER, DASS ICH GEBURTSTAG HABE?

Ich war wirklich froh, diese Stelle beim hiesigen Radiosender ergattert zu haben! Mag sein, dass es egal ist, ob man als Buchhalterin Radkappen oder Mikrofone abrechnet, aber die Atmosphäre eines Radiobetriebs ist eben ganz anders als die in einem Autohaus!

Hier hallte ständig Musik durch die Räume, alles war voller Magie und Energie und wir duzten uns fast alle!

Ich arbeitete in einem Büroraum mit einer etwas älteren Kollegin zusammen, mit der ich mich auf Anhieb gut verstand. Die Tür zur Redaktion stand bei Helga und mir immer offen, auch wenn die Kollegen kaum etwas mit uns zu tun hatten, es sei denn, sie mussten einen Beleg abgeben oder wollten ihre beruflich gefahrenen Kilometer abrechnen.

Die Gehälter liefen ebenfalls über uns, daher war es wichtig, dass wir sehr vertraulich arbeiteten. Was mich anbelangt, war das kein Problem, aber René, der Assistent der Geschäftsleitung, tat sich mit Vertraulichkeiten etwas schwerer.

Eines Freitagabends, wir saßen alle noch auf ein Glas Sekt beieinander, kam er mir körperlich etwas zu nahe, während er so tat, als wolle er mir nur Sekt nachschenken. Ich ging auf Abstand, was er mit: „Nun stell dich doch nicht so an, du Landei", quittierte.

Obwohl es um uns herum laut herging, hatten diesen Spruch einige gehört und ihre Augen ruhten nun auf mir. Ich wurde rot und fragte empört: „Wieso Landei?"

„Nun, du kommst doch vom Dorf. Das steht zumindest in deiner Personalakte!"

„Kein Grund, mich antatschen zu wollen", fauchte ich ihn an und ging zur anderen Seite des Raumes, wo die Radiotechniker zusammenstanden.

„Gut gekontert", sagte Patrick anerkennend. Jetzt wurde ich noch mehr rot! Denn Patrick gefiel mir außerordentlich – im Gegensatz zu René. Aber dass der so einfach Zugang zu meiner Personalakte hatte, ließ mir keine Ruhe!

„Ist doch egal, wo du herkommst", sagte Patrick in meine Gedanken. „Hauptsache, du bist jetzt bei uns!" Diese freundlichen Worte beschwichteten mich und der Rest des Abends verlief angenehm.

Am Montag darauf kam René zu uns ins Büro und entschuldigte sich für sein Verhalten. Er hätte zu viel getrunken, sagte er. Aber so ungeschoren wollte ich ihn nicht davon kommen lassen.

„Du hast meine Personalakte studiert. Darf man mal fragen, warum?"

„Ich interessiere mich eben für dich", antwortete er dümmlich.

„Kein Grund, die dort gewonnenen Erkenntnisse auszuposaunen", belehrte ich ihn. „Sollte so etwas noch einmal vorkommen, erzählte ich den Kollegen von deinen ausstehenden Lohnpfändungen!"

Das hätte ich natürlich niemals getan, denn das ging entschieden gegen meine Schweigepflicht, aber ich fand die Idee nicht schlecht, ihm zumindest damit zu drohen.

„Das machst du nicht", sagte er und war plötzlich ganz blass geworden.

„Du plauderst nichts aus, dann plaudere ich auch nichts aus", antwortete ich hart, woraufhin er nickte und abzog.

„Gut gemacht", freute sich meine Kollegin Helga. „Ich finde es toll, dass du dich entschieden gegen seine Verbalattacken wehrst. Der wird dich bestimmt in Zukunft in Ruhe lassen!"

„Ja, das denke ich auch", antwortete ich. „Ich mag zwar ein Landei sein, aber ich habe zwei ältere Brüder. Die haben mir viel beigebracht, aber das stand wohl nicht in meiner Personalakte." Wir lachten.

Schon am Nachmittag hatte ich den Vorfall wieder vergessen, denn Patrick kam mich mit einem Abrechnungsbeleg besuchen – und fragte, ob ich Lust hätte, abends mit ihm essen zu gehen!

Er fragte das ganz schüchtern. Total süß! Ich freute mich sehr und sagte natürlich Ja. Was ich ihm nicht sagte, war, dass ich am nächsten Tag

Geburtstag hatte und eigentlich am Vorabend einen Kuchen für alle backen wollte.

„Kuchen kann man kaufen", dachte ich, „aber einen Abend mit Patrick nicht!"

Wir trafen uns in einem Restaurant, das etwas abgelegen lag, weil wir beide für uns sein wollten. Wären wir in eines der angesagten Restaurants gegangen, hätte es immer sein können, dass wir jemanden aus dem Sendebetrieb begegnet wären. Und am nächsten Tag hätten alle davon gewusst …

Das ist der Nachteil, wenn man mit so viele Kreativen zusammenarbeitet. Die meisten sind auch sehr extrovertiert und können keine Geheimnisse für sich behalten! Und noch wollten wir unser Treffen geheim halten.

Das Lokal, in dem wir dann waren, war sehr schnuckelig. Es hatte im Nebenraum eine kleine Bar, an die wir uns nach dem Essen zurückzogen.

Patrick war ganz wundervoll. Abgesehen davon, dass mir seine ruhige, gradlinige Art sehr gefiel, stellte sich auch heraus, dass wir viele Gemeinsamkeiten hatten. Er hatte zwei ältere Schwestern, kam ebenfalls vom Land und hörte gerne Musik – die gleiche wie ich.

Wir redeten und erzählten – die Stunden verflogen nur so. Schließlich ging es auf Mitternacht zu und ich verzog mich auf die Damentoilette, um mein Handy auszuschalten.

Seit ich von zuhause ausgezogen war, hatte es sich meine Familie zur Gewohnheit gemacht, mich um Mitternacht anzurufen, um mir zu gratulieren. Weil aber meine Eltern und meine Brüder mittlerweile an verschiedenen Orten lebten, war es immer zu einer Art Wettrennen gekommen, wer mich als erstes am Apparat hatte.

Und ich wollte auf keinen Fall, dass mein Geburtstag jetzt Thema bei Patrick und mir war! Im Gegenteil: Mit Patrick brauchte die Nacht kein Ende zu nehmen! Es versprach, der schönste Geburtstag meines Lebens zu werden, gerade weil er nicht wusste, dass ich Geburtstag hatte!

Ich kam von der Toilette zurück und sah schon vom weiten zwei Gläser Sekt an der Theke stehen. Ich wurde blass. Dann tat ich so, als ahnte ich von nichts, setzte mich zu Patrick, sah auf die Gläser und fragte unschuldig: „Und was feiern wir jetzt?"

„Geburtstag", antwortete Patrick, zwinkerte, nahm sein Glas und prostete mir freundlich zu.

Aber bei mir brannten alle Sicherungen durch. „Darf bei uns im Sender eigentlich jeder die Personalakten lesen?", kreischte ich, packte meine Handtasche und verschwand auf die Straße.

Patrick saß völlig verdattert an seinem Platz an der Theke und sah mir fassungslos hinterher. Mehr bekam ich nicht mehr mit. Ich stürzte in mein Auto und fuhr ohne Umwege nach Hause, wobei ich vor Wut heulte.

Am nächsten Morgen – ich hatte bereits mit meinen Eltern und Brüdern telefoniert, allerdings, ohne ihnen etwas von meinem abendlichen Debakel zu erzählen – ging ich in die nächste Bäckerei und kaufte Kuchen und Gebäck. Ich balancierte meine Einkäufe in mein Büro und stellte sie auf meinem Schreibtisch ab.

„Oh, das riecht ja lecker", meinte Helga, die sich die Bäckertüten interessiert ansah. „Sind die Sachen für Patrick?"

„Wieso denn für Patrick?", fragte ich und wurde rot. Helga hatte nicht gewusst, dass er und ich verabredet waren, wieso fragte sie mich das?

„Nun, Patrick hat doch heute Geburtstag und hat uns für den Nachmittag zu einem Umtrunk in sein Büro eingeladen. Ich dachte …"

„Patrick hat Geburtstag?", fragte ich und langsam dämmerte mir das große Missverständnis des vorigen Abends. Er hatte seinen Geburtstag mit mir feiern wollen – während ich ihm meinen verschwiegen hatte.

Jetzt war ich diejenige, die fassungslos schaute, sich mit der Hand gegen die Stirn schlug und nicht wusste, was sie machen sollte. Schließlich fasste ich mir ein Herz und weinte mich bei Helga aus.

„Wir machen das so", schlug sie schließlich vor. „Wir sind bei Patrick um 16 Uhr auf ein Glas Sekt eingeladen. Wir laden die Kollegen um

15 Uhr zum Kaffee mit Kuchen ein und gehen danach geschlossen in Patricks Büro."

Ich nickte.

„Lass mich nur machen", sagte Helga. Dann ging sie von Büro zu Büro und sagte: „Unsere Neue hat heute Geburtstag! Ihr seid alle eingeladen! 15 Uhr, zum Kaffee mit Kuchen!"

So erfuhr natürlich auch Patrick, dass ich Geburtstag hatte und schlau, wie er war, verstand er sofort, was in der Nacht zuvor dafür gesorgt hatte, dass ich ausgerastet und geflüchtet war. Statt aber auf den Nachmittag zu warten, kam er direkt in mein Büro: „Herzlichen Glückwunsch zum Geburtstag … ich wusste nicht … ich hatte nicht …"

„Herzlichen Glückwunsch dir", entgegnete ich, „ich wusste leider auch nicht …"

Und schon küsste er mich!

In diesem Moment betrat Helga wieder das Büro. „Ah, das Missverständnis ist beseitigt", schmunzelte sie und wir strahlten sie an.

Es wurde dann wirklich der schönste Geburtstag von allen. Patrick und ich trugen meinen Kuchen und seinen Sekt zusammen in die Redaktionsräume, wo mehr Platz war und wir mit den Kollegen feiern konnten.

Als am Abend jeder Krümel gegessen und jede Flasche leergetrunken war, gingen Patrick und ich spazieren und hinterher zu mir.

Das ist allerdings schon ewig her. Wir waren sieben Jahre lang ein Paar und ich erinnere mich gerne an diese Zeit. Aber dann trennten sich unsere Wege, denn Patrick packte das Reisefieber und er wollte gerne als Techniker Down Under arbeiten. Ich hingegen konnte mir ein Leben in einem fremden Land, so weit weg von meiner Familie, nicht vorstellen.

Die Trennung war hart, aber kurz danach lernte ich Klaus kennen - meinen jetzigen Mann.

Ab und zu denke ich noch an Patrick und frage mich, was aus ihm geworden ist. Und immer, wenn ich ein Glas Sekt auf einem Tresen stehen sehe, frage ich mich: „Und was feiern wir jetzt?"

DIE SCHNEIDERMEISTERIN

„Sie haben wirklich toll abgenommen!"

Die Friseurin errötete bei diesem Kompliment ihrer Stammkundin. „Freut mich, dass es Ihnen aufgefallen ist", antwortete Antonia Hertel lächelnd, während sie der Dame die Haare frisierte.

Tatsächlich hatte sie vor einem halben Jahr ihre Ernährung umgestellt und war nicht nur fitter, sondern auch schlanker geworden.

„Aber ja", antwortete die Kundin. „Das sind doch bestimmt ein oder zwei Kleidergrößen, die Sie jetzt weniger brauchen."

Antonia seufzte. Das war genau ihr Problem. Sie hatte viele schöne Kleidungsstücke, die ihr jetzt alle nicht mehr passten. Einige Sachen waren so teuer gewesen, dass Antonia sie nicht einfach so verschenken wollte. „Ich brauche eine Schneiderin", gestand Antonia der Kundin, „aber ich kenne keine Änderungsschneiderei und habe Angst, die teuren Stücke in falsche Hände zu geben."

„Da habe ich einen guten Tipp für Sie!", sagte die Dame. „Elfriede Gruber! Sie ist Damenschneidermeisterin, eine etwas betagtere Dame, aber auf Empfehlung nimmt sie gelegentlich noch Aufträge an. Sie wohnt in einem Hochhaus in Germering. Ich schreibe Ihnen gleich die Adresse und Telefonnummer auf. Sagen Sie ihr, dass ich Sie geschickt habe!"

Antonia freute sich sehr über diesen Geheimtipp. Noch am gleichen Abend rief sie Frau Gruber an. Die beiden Frauen kamen ins Gespräch und Frau Gruber bot Antonia an, am kommenden Samstag vorbeikommen zu dürfen: „Bringen Sie alles mit, was enger gemacht werden muss", sagte sie zum Abschied und Antonia versprach es erleichtert.

Dann wirbelte sie fröhlich durch ihre Wohnung und trug alles zusammen, was sie geändert haben wollte: Die dunkelrote Nappa-Lederhose, den seidenen Anzug, das Hemdkleid aus Georgette, den dunkelgrauen Blazer, die schwarzgepunktete Designer-Bluse und das Dirndl. Der Einfachheit halber packte sie die Kleidungsstücke in einen Rollkoffer, mit dem sie am darauffolgenden Samstag durch die Straßen von Germering lief.

Kriemhildenstraße, das wusste sie noch, aber an die Hausnummer erinnerte sie sich nicht mehr. Ärgerlicherweise hatte sie den Zettel mit der Adresse und der Telefonnummer zuhause vergessen und als sie es bemerkt hatte, war sie bereits auf der Autobahn gewesen. Germering liegt ein paar Kilometer außerhalb von München.

Als sie endlich angekommen war, sah sie sich hilflos in der Kriemhildenstraße um: Hier standen vier Hochhäuser hintereinander!

Antonia seufzte. Sie zog ihren Rollkoffer hinter sich her, während sie das erste Hochhaus ansteuerte. Ihr Finger glitt an den drei

Klingelknopfreihen entlang, während sie nach dem Namen Gruber suchte. Fehlanzeige.

Antonia steuerte das nächste Hochhaus an. Hier hatte sie Glück. Im fünften Stock gab es jemanden mit dem Namen Gruber. Antonia klingelte und als ihr aufgemacht wurde, nahm sie den Aufzug und fuhr in die fünfte Etage.

Dort angekommen wusste sie erst nicht, wohin sie gehen sollte. Sowohl rechts als auch links vom Fahrstuhl lagen die einzelnen Wohnungseingangstüren. Da öffnete sich eine davon rechts hinten und ein hübscher, blonder Mann schaute heraus.

Sein Anblick schlug bei Antonia ein wie eine Bombe. Man könnte auch sagen, es traf sie wie der Blitz. Oder der Pfeil Amors hatte sie getroffen. Egal, wie man es ausdrückte, irgendetwas benebelte sofort Antonias Sinne.

„Hallo", stammelte sie schüchtern, weil ihr der Mann so gut gefiel und sie sich eigentlich nichts anmerken lassen wollte. „Ich komme mit meinen Kleidern ..."

Der Mann sah sie nachdenklich an.

„Antonia Hertel", fügte Antonia hinzu. „Ich habe gestern mit Ihrer Mutter telefoniert ..."

Der Mann schien noch immer nicht zu verstehen.

„Ich habe Kleidung zum enger machen!", fügte Antonia jetzt ein wenig nachdrücklicher hinzu.

„Ach so", sagte der Mann und lachte. „Sie wollen zu meiner Großmutter Elfriede. Die wohnt aber in dem Hochhaus da vorne. Hier wohne nur ich."

Wie dumm von mir, dachte Antonia errötend. Grubers gibt es wie Sand am Meer, kein Wunder, dass ich beim Falschen geklingelt habe. Doch dann dachte sie: Wieso beim Falschen? Dieser Gruber ist doch ganz niedlich. „Entschuldigen Sie bitte, aber ich habe den Zettel mit der Adresse verlegt. Bislang kenne ich Ihre Großmutter noch gar nicht."

„Na, dann kommen Sie mal mit", sagte der Mann hilfsbereit und ging mit ihr zurück zum Aufzug. „Ich bringe Sie hin! Ich bin übrigens der Anton. Anton Gruber."

Antonia wollte erst protestieren. „Das ist doch nicht nötig", wollte sie sagen, verkniff es sich aber. Der Gedanke, mit diesem Mann im engen Fahrstuhl nach unten zu fahren, gefiel ihr und als sie dann tatsächlich im Fahrstuhl waren, nahm sie allen Mut zusammen und lächelte ihn an.

Er lächelte zurück, sagte aber nichts.
„Wie ist Ihre Oma denn so?", fragte Antonia schließlich.

„Bald achtzig und noch immer topfit", antwortete er, „aber das werden Sie ja gleich selbst feststellen."

Als sie das Haus verließen, nahm der junge Mann Antonia den Rollkoffer ab und führte sie in das übernächste Hochhaus. Dort zog er einen Schlüssel aus der Tasche und öffnete.

„Sie haben einen Schlüssel", stellte Antonia erstaunt fest.

„Klar", antwortete er. „Nur für den Fall, dass der alten Lady einmal etwas passiert."

Dann schob er den Rollkoffer vor eine Tür im Erdgeschoss und klopfte daran. „Oma, ich bin's", sagte er durch die Tür, während er sie aufschloss und den Rollkoffer hineinschob.

Eine zarte weißhaarige Dame kam ihnen entgegen. „Hallo Omi", sagte der junge Mann und küsste die Frau auf die Wange. „Ich bringe dir jemanden. Sie hat aus Versehen an meiner Tür geklingelt, weil sie deine Adresse nicht dabei hatte."

„Womöglich eine Vorsehung", sagte die alte Dame und zwinkerte ihm zu. Dann begrüßte sie Antonia: „Sie müssen die Friseurin sein."

„Und das sind meine Kleider", nickte Antonia und zeigte auf den Rollkoffer.

„Dann wollen wir gleich mal mit der Anprobe beginnen", sagte die alte Dame, während ihr Enkel den Koffer bereits auf den Tisch gelegt und geöffnet hatte.

„Zeit für dich, zu verschwinden", meinte Frau Gruber lächelnd, aber er zögerte. Sein Blick war auf das Dirndl gefallen. „Das ist wunderschön", sagte er zu Antonia. „Wenn meine Großmutter es passend gemacht hat, würden Sie es mit mir einmal ausführen wollen?"

Antonia errötete und nickte.

„Aber jetzt, Toni, ab mit dir, so eine Anprobe ist viel zu intim für ein erstes

Kennenlernen", mischte sich Elfriede Gruber ein, und begleitete ihren Enkel nach draußen. „Den haben Sie aber mächtig beeindruckt", sagte sie hinterher zu Antonia.

Antonia errötete, druckste ein wenig herum, bis sie bekannte: „Mich hat er, ehrlich gesagt, auch beeindruckt."

„Na, dann werde ich Ihnen das Dirndl gleich als erstes enger nähen, damit das bald klappt mit der Verabredung." Frau Gruber zwinkerte Antonia zu, als sie das sagte.

Es war ein wirklich schönes Dirndl: schwarzgrundig mit edlem Brokat im Oberteil, aufgesetzten Borten und einer schillernden Seidenschürze. Es war sehr aufwändig, es enger zu nähen. Frau Gruber brauchte eine Woche dazu. Doch dann durfte Antonia kommen und es erneut anprobieren. Sie sah darin phantastisch aus.

In diesem Moment klopfte es an der Haustür. „Hallo, Omi, ich bin's", kam es gedämpft von der Tür, die danach aufgeschlossen wurde.

Anton Gruber trug eine Trachtenjacke und eine Lederhose, als er eintrat. „Ich wollte nur schauen, was das Dirndl so macht", sagte er grinsend zu Antonia.

Es war klar, dass Enkel und Großmutter sich abgesprochen hatten, aber das machte Antonia nichts aus. Sie sah Toni und dachte sich: „Der ist es. Der und kein anderer."

„Du siehst wunderschön aus", sagte Toni schlicht. „Würdest du jetzt bitte mit mir ausgehen?"

„Jetzt gleich?", fragte Antonia erstaunt.

„Klar", antwortete Toni.

„Wohin wollen wir denn ausgehen?"

„Ich habe schon einen Tisch reserviert. Im Bären. Das ist dir doch hoffentlich recht?"

Antonia schluckte. Im Bären. Das war ein urbayerisches, aber nicht ganz billiges Lokal in München. Schließlich nickte sie.

„Wollen wir deine Oma nicht mitnehmen?", fragte sie.

„Papperlapapp", mischte sich Elfriede Gruber ein. „Da möchte ich nicht stören. Ihr habt schließlich viel zu besprechen. Ich träume nämlich von Urenkeln."

Wirklich viel gesprochen haben die beiden an jenem Abend aber nicht. Sie waren beide ungewöhnlich schüchtern und befangen. Das Glück war greifbar nahe, aber jeder hatte Angst, es gleich zu fest zupacken zu wollen. Ihnen genügte es, zusammen zu essen, zu trinken und sich dabei tief in die Augen zu sehen. Wenn zwei Herzen gleich schlagen, muss ja auch nicht viel geredet werden. Sie hatten sich gefunden, nur das war wichtig.

Und das mit den Urenkeln: Antonia war nicht abgeneigt …

TICKET ZU VERKAUFEN

„Das war eine großartige Leistung", sagte mein Chef, nachdem ich meine erste Präsentation in der Firma gehalten hatte. „Ich muss zugeben, damit haben Sie mich wirklich überrascht!"

Ehrlich gesagt hatte ich ja auch im Vorfeld zu dieser Präsentation wie ein Ochse gebüffelt. Halbe Nächte hatte ich mir um die Ohren geschlagen, nur damit jedes Wort und jede Folie sitzt.

Obwohl ich mit Lob gerechnet hatte, wurde ich rot, als mein Chef mich so überschwänglich lobte, insbesondere, als er noch eins draufsetzte: „Ich finde, diese Präsentation sollten Sie unserem Kunden zeigen. Fahren Sie doch übernächste Woche mit nach Berlin!"

Mit nach Berlin! Meine erste Geschäftsreise mit meinem ersten Kundenkontakt! Ich konnte mein Glück kaum fassen. Endlich nahm man mich in dieser Firma ernst! Ich hatte schon befürchtet, sie erkennen meine Talente nie, dabei habe ich Betriebswirtschaft studiert und mit dem Master abgeschlossen.

Da fiel mir ein Wermutstropfen ein: Ich hatte für die übernächste Woche eine Karte der Sitzplatzkategorie 3 für ein Helene Fischer Konzert in Mannheim! 115 Euro hatte ich dafür bezahlt – wobei meine Mutter die Hälfte bezuschusst hatte. Jetzt würde ich gar nicht hingehen können! Ich tröstete mich damit, dass Helene Fischer im Oktober auch nach Frankfurt kommen würde und dass ich vielleicht mein Ticket für Mannheim auf ebay verkaufen könnte. Also saß ich am Abend vor meinem PC und gab folgende Anzeige auf:

„Helene Fischer Ticket 2023 Mannheim, Sitzplatz."

Als Auktionspreis gab ich 100 Euro ein, bot aber „sofort kaufen" für 150 Euro an. Das war reiner Wucher, das war mir klar, aber das Konzert war bereits ausverkauft und möglicherweise war jemandem mein Sitzplatz so viel Wert.

Da ich gerade in Geber-Laune war, bot ich nicht nur den Postversand als Einschreiben an, sondern auch die Möglichkeit, das Ticket in Karlsruhe abzuholen. Ich hätte nie gedacht, dass das jemand tun würde, aber da täuschte ich mich gewaltig.

Es dauerte nämlich keine zehn Minuten, bis jemand bei meinem Angebot auf „Sofort kaufen" klickte! Wenige weitere Minuten später erhielt ich diese Nachricht: „Hallo, wann und wo könnte ich das Ticket in Karlsruhe abholen? MfG, Tobias Wagner."

Da hatte ich den Salat. „Woher kommen Sie denn?", fragte ich vorsichtig zurück.

„Ich komme aus Karlsruhe, wohne aber jetzt in Ettlingen", schrieb Tobias zurück. „Ich wäre aber Donnerstagmittag in der Stadt. Ginge das bei Ihnen?"

Mittags? Ich überlegte. Nun, ich konnte meine kostbare Mittagspause dafür verwenden.

Aber wieso war das Geld noch nicht da? Hätte er nicht gleich überweisen müssen?

Da sah ich das PS. der letzten Nachricht. Es lautete: „Bezahlung ist in bar (habe es so ausgewählt, da zurzeit auch einige Ticketbetrügereien im Gange sind)."

Na, so etwas. Ich hatte gar nicht gewusst, dass man Barzahlung auswählen konnte. Aber wohl war mir nicht. Der Mann mag Angst vor Ticketbetrügern haben – aber ich habe Angst vor fremden Männern! Ich wollte mich ungern mit einem Fremden irgendwo treffen und Geld gegen ein Ticket tauschen.

Was war das überhaupt für ein Typ, der eine einzelne Helene Fischer Karte haben wollte? Ein eingefleischter Fan? Obwohl ich selbst ein Helene-Fischer-Fan bin, kam mir das doch sehr suspekt vor. Ich war jedenfalls nicht scharf darauf, den Mann zu treffen, war jetzt aber durch den ebay-Deal gebunden.

Als ich meiner Freundin Bea davon erzählte, lachte sie. „Was soll dir passieren, mitten in der Stadt am helllichten Tag?", fragte sie. „Bestell ihn zum Kühlen Krug, da sind genug Leute außen rum."

Der Kühle Krug ist ein bekanntes Lokal in Karlsruhe. Es liegt direkt an der Alb in einem Park und ist gut besucht. Bea hatte recht. Was sollte mir dort passieren? Also schrieb ich Tobias zurück: „Ginge Donnerstag 12.30 Uhr am Kühlen Krug?"

Er schrieb zurück: „Uhrzeit ginge. Adresse?"

Ich stutzte. Der wollte aus Karlsruhe kommen? Jeder Karlsruher kannte den Kühlen Krug!

Ich schrieb zurück: „Also Donnerstag, 12.30 Uhr am Kühlen Krug, den müsste ein Karlsruher eigentlich kennen. Ich stehe am Eingang. Freundliche Grüße, Saskia Helmbrecht (keine Ticket-Betrügerin)."

„Hätte ja auch die Haltestelle sein können", schrieb Tobias zurück und da hatte er recht. Es gab auch eine Straßenbahnhaltestelle mit diesem Namen.

„Ich komme mit dem Fahrrad. Hier noch meine Handynummer, falls sich etwas ändern sollte." Daraufhin folgte eine 0170-Ziffernfolge.

Sehr sympathisch, jetzt doch, dachte ich. Er hatte Angst gehabt, ich könnte eine Ticket-Betrügerin sein und hatte daher auf „Sofort-Kaufen" und „Abholung" geklickt.

Ich hatte Angst gehabt, mich mit jemandem zu treffen, der mir vielleicht das Ticket entreißen und nicht bezahlen wollte, aber mit seiner Rufnummer hatte er mir ein gutes Gefühl gegeben.

Es wäre jetzt sicher klug gewesen, ich hätte die Nummer auch ausprobiert, aber irgendwie kam ich da nicht drauf. Es ging aber auch so gut aus!

Ich ging am verabredeten Donnerstag zum Kühlen Krug – und da stand er schon vor dem Eingang und nickte mir zu. Ich weiß nicht, woran er mich erkannte, aber ich sah neben ihm ein todschickes Rennrad und mir war daher klar, dass das Tobias sein musste.

Ich sagte „Hallo" und reichte ihm den Umschlag mit dem Ticket. Er sah hinein und reichte mir dann drei 50-Euro-Scheine. Das war mir jetzt etwas peinlich, weil ich ja selbst nicht so viel bezahlt hatte, aber dann dachte ich mir: Deal ist Deal – und er hat mich schließlich für eine Betrügerin gehalten.

„Viel Spaß bei Helene", sagte ich und mir fiel auf, dass Tobias noch gar nichts gesprochen hatte. Irgendwie erwartete ich jetzt, dass er so etwas sagte wie „Die Karte ist für meine Schwester" oder so, denn wie ein eingefleischter Helene-Fan sah er wirklich nicht aus.

Als hätte ich mir bislang Gedanken darüber gemacht, wie so ein Helene-Fischer-Fan aussehen muss! Na, jedenfalls nicht so lässig und cool wie dieser Mann hier.

„Danke", antwortete Tobias, „toll, dass das noch geklappt hat. Ich bin ein großer Fan des *Cirque du Soleil* und habe ihn noch nie live gesehen. Als ich gehört habe, dass unsere Schlagerikone mit dem Zirkus auf Tournee geht, wollte ich mir das nicht entgehen lassen – habe aber keine Karte mehr bekommen!"

Ah, dachte ich. Er ist Zirkusfan, während ich einfach nur Fan von Helene Fischer bin. „Ich wäre zu Helene gegangen", erklärte ich. „Aber mir kam etwas Berufliches dazwischen."

„Oh, wie schade für Sie!", sagte er mitfühlend und dann entstand eine Pause. Bevor sie peinlich werden konnte, sagte ich abschließend: „Na dann, viel Spaß beim Zirkus!"

Zurück im Auto sah ich nochmal nach, ob die Geldscheine auch nicht gefälscht waren, die er mir gegeben hatte. Ich bin sonst überhaupt nicht misstrauisch, aber mit dem Stichwort „Ticket-Betrügereien" hatte er mich sehr verunsichert. War ich bislang zu vertrauensselig gewesen? Noch hatte ich immer Glück gehabt.

In der Woche danach war ich mit ein paar Kollegen in Berlin und wurde unseren Kunden vorgestellt. Meine Präsentation war auch hier ein voller Erfolg, aber ich habe auch niemandem verraten, dass ich die Nacht zuvor vor Aufregung kaum geschlafen hatte.

Als ich zurück in Karlsruhe war, trat wieder Ruhe in mein Leben. Ein bisschen zu viel Ruhe … Ich begann, mich zu fragen, wie wohl das Helene Fischer Konzert gewesen war. Ob ich wohl …?

„Diesen Tobias Wagner anrufen?", fragte meine Freundin Bea erstaunt, als ich ihr von meinen Gedanken erzählte. „Ist nicht dein Ernst, oder? Erst knöpfst du ihm einen Wucherpreis ab und dann willst du auch noch wissen, wie es war?"

„Nein", antwortete ich trotzig. „Eigentlich würde ich ihn gerne kennenlernen. Er war mir sympathisch: Er fährt Fahrrad, achtet darauf, in diesem

Leben nicht betrogen zu werden und mag Zirkus. Klingt alles nicht schlecht, oder?"

Da musste mir sogar die sonst so kühl und nüchtern denkende Bea rechtgeben.

Wer nicht wagt, der nicht gewinnt, dachte ich, als ich am gleichen Abend Tobias Wagners Telefonnummer in mein Handy einspeicherte. Ich sah, dass er zwar kein WhatsApp-Konto hatte, aber ich fand ihn bei Signal.

„Hallo", schrieb ich ihn an. „Hier ist Saskia Helmbrecht. Die Nicht-Ticket-Betrügerin. Darf ich fragen, wie das Helene-Konzert bzw. der Zirkus war?"

Als die Nachricht draußen war, dauerte es eine ganze Weile, bis er antwortete. Eine ganze Weile, in der ich mich peinlich fand und bedauerte, die Nachricht überhaupt abgeschickt zu haben.

Doch als er dann antwortete, ging es plötzlich ganz schnell hin und her: „Es war super", schrieb er, „nochmals danke für die Karte. Es war echt ein Erlebnis. War wenigstens Ihr beruflicher Termin erfolgreich?"

Daraufhin antwortete ich und dann wieder er und so kam es, dass wir eine ganze Stunde chatteten, bevor er auf die glorreiche Idee kam, dass wir uns doch besser auch einmal live unterhalten könnten.

Wir verabredeten uns, natürlich im Kühlen Krug, und trafen uns dort an einem wunderschönen Spätnachmittag nach der Arbeit, aßen eine

Kleinigkeit zusammen und kamen uns vorsichtig näher.

Das ist jetzt schon ein paar Wochen her. Wir haben es langsam angehen lassen, er wie ich, und als wir uns das erste Mal küssten, wussten wir schon, dass wir zusammenbleiben wollen.

Am gleichen Abend sagte er auch völlig überraschend zu mir: „Ich habe übrigens ein Geschenk für dich!" Dann zog er einen Umschlag aus seiner Tasche. Er enthielt Helene-Fischer-Karten für Frankfurt – zwei Stück. Wir werden gemeinsam hingehen. Ich freue mich so!

QUAD

„Schönes Wochenende!" Ariane zuckte zusammen, als sie ihren Chef diese Worte rufen hörte. Schon wieder war Wochenende und schon wieder hatte sie überhaupt nichts vor!

„Schönes Wochenende", rief sie zurück und starrte auf ihren Bildschirm. Sie hätte Feierabend machen können, aber niemand wartete auf sie. Mein Leben ist langweilig!, dachte sie nicht zum ersten Mal. Nicht nur, dass ich einen langweiligen Bürojob habe, mir fehlen auch Freunde und Unternehmungen! Ich muss unbedingt einmal etwas Spektakuläres tun! Aber was?

Ariane hatte wenig Hobbys. Sie fuhr gerne Auto und hatte sich vor einiger Zeit ihr Traumauto geleistet: einen alten VW-Käfer, den sie hegte und pflegte. Aber das war ein einsames Hobby, bei dem man niemanden kennenlernen konnte, es sei denn, sie wäre im Internet auf die entsprechenden Foren gegangen. Aber das lag Ariane nicht.

Was sollte sie stattdessen tun? Was würde ihr denn gefallen? Ariane dachte nach und ging dabei gedanklich zurück in ihre Kindheit. Auf der Kirmes war sie immer gerne Autoscooter gefahren, was sie noch ganz altmodisch Boxauto nannte. Sie erinnerte sich und grinste. Dann hatte sie eine Idee: Wie wäre es, wenn sie einmal eine Quad-Tour machen würde?

Ein Quad ist ein kleines Geländefahrzeug mit vier dicken Rädern. Ariane hatte davon gehört, dass man in Neustadt Touren mit diesen Fahrzeugen buchen kann. Sie dauerten etwa zwei Stunden und ihr Weg führte an der malerischen Weinstraße entlang. Ob es wohl noch möglich war, sich zu so einer Tour anzumelden?

Ihre flinken Finger flogen über die Tasten, während sie im Internet nach dem Anbieter dieser Touren suchte. Besser gleich anrufen und buchen, dachte Ariane, bevor mich der Mut verlässt.

Sie hatte Glück und bekam nicht nur den Betreiber der Quad-Touren direkt an den Apparat, sondern auch die Zusage, dass für den Sonntag noch ein Platz für sie frei wäre.

Ariane war pünktlich vor Ort, ließ sich mit einem Helm ausstatten und einweisen, bevor sie zum ersten Mal in ihrem Leben auf ein Quad steigen durfte. Es war ein erhebendes Gefühl und von Anfang an hatte sie keine Bedenken, das schwere Gerät alleine zu fahren. Zunächst ging es ohnehin im Konvoi auf die Landstraße und von dort aus auf die Wege zwischen den Weinbergen. Dort verloren sich die Teilnehmer jedoch aus den Augen: die einen fuhren schneller, andere langsamer, manche pausierten und Ariane bog einfach irgendwo ab.

Die Weinberge schienen unendlich zu sein, dennoch kam Ariane plötzlich an unwegsames Gelände. Sie kehrte um und suchte ihren Weg zurück, musste sich dann aber eingestehen, dass sie sich verfahren hatte. Also steuerte sie die weiter unten gelegene Landstraße an und traf dort auf einen gelben Ferrari, dessen Fahrer ihr zuwinkte.

„Haben Sie Sprit dabei?", fragte er, als Ariane bei ihm anhielt.

„Sprit?" Ariane verstand nicht.

„Mein Tank ist leer!", erklärte der Mann.

„Wie, Sie fahren mit einem leeren Tank durch die Gegend?" Ariane lachte.

„Ich habe eine Ferrari-Tour gebucht", erklärte der junge Mann, „mit Einweisung ins Fahrzeug, vollem Tank und Kilometerpauschale. Leider hat man mir den Wagen nicht vollgetankt übergeben. Ich habe es nur erst eben gemerkt." Er lächelte schief.

„Wie witzig", stellte Ariane fest. „Ich habe heute eine Quad-Tour gebucht mit Helm und dem gleichen Programm."

„Ist wenigstens Ihr Tank voll?", fragte der Mann.

Ariane stutzte und starrte auf ihre eigene Tankanzeige. „Ja, allerdings. Ich schlage vor, ich fahre Sie jetzt mal an die nächste Tankstelle, dort schauen wir nach einem Kanister Super und dann bringe ich Sie wieder her, okay?"

„Gerne, ja, danke", sagte der Mann und stieg zu Ariane auf das Quad. „Das haben Sie sich bestimmt heute auch netter vorgestellt mit Ihrer Quad-Tour. Dass Sie nicht einen Möchtegern-Ferrari-Fahrer zu einer Tankstelle bringen müssen."

Im Gegenteil, dachte sich Ariane, endlich ist mal was los in meinem Leben, doch stattdessen sagte sie: „Sie wollten bestimmt auch nicht von einer Möchtegern-Quad-Fahrerin gerettet werden. Übrigens heiße ich Ariane. Wenn wir uns schon gegenseitig den Sonntag verderben, sollten wir uns wenigstens mit Namen ansprechen können."

Der Mann lachte und stellte sich als Sven vor. Dann packte er sein Smartphone aus, sah nach, wo die nächste Tankstelle war, und lotste Ariane dahin. „Gut machst du das", lobte er dabei ihre Fahrkünste.

Leider hatte der Mann von der Tankstelle keine Benzinkanister zu verkaufen, aber Ariane konnte ihn dazu überreden, ihnen gegen eine horrende Gebühr einen betriebseigenen Kanister zu leihen. Mit ihm zwischen Svens Knien ging es die Weinstraße wieder zurück zum gelben Ferrari, wo sie ihn vorsichtig betankten.

„Jetzt muss ich aber wieder los, mein Quad abgeben", meinte Ariane, nachdem sie auf die Uhr gesehen hatte. „Möglicherweise suchen die mich schon."

„Darf ich dich denn als Dank für deine Hilfe zu einem Abendessen einladen? Wir könnten uns in Neustadt treffen, sobald wir unsere Fahrzeuge abgegeben haben."

Ariane war einverstanden. Sie hatte ja ohnehin nichts besseres vor. Und Sven gefiel ihr. Ich bin ja mal gespannt, was für ein Auto er in

Wirklichkeit fährt, dachte sie, während sie ihre Quad in Richtung des Verleiher lenkte.

Dort hatte man sich tatsächlich bereits Sorgen gemacht, wohl mehr um das Quad als um Ariane, aber wie sie so strahlend auf den Hof fuhr, war alles schnell vergessen. Ariane nahm den Helm ab, schüttelte ihre Haare aus und bedankte sich bei allen für den unvergesslichen Tag.

Dann stieg sie in ihren dunkelgrünen VW-Käfer und fuhr in Neustadt bei dem vereinbarten Restaurant vor. Während sie auf dem Parkplatz nach einer Lücke suchte, fiel ihr ein blauer Käfer auf, der ebenfalls einparken wollte. Na sowas, dachte Ariane, denn der Fahrer war eindeutig Sven. Sie lachte.

Nun hatten sie zu den Themen Ferrari und Quad auch gleich das nächste Thema: Ihre Liebe zu den alten Käfern. Angeregt unterhielten sie sich, bis die Wirtsleute um sie herum die Stühle auf die Tische stellten. Da verabredeten sie sich für das kommende Wochenende: Sie wollten mit ihren Käfern eine Ausflugstour machen.

„Dass du mir ja volltankst", sagte Ariane zum Abschied.

Sven grinste und sagte nichts. Stattdessen küsste er sie vorsichtig. Das wird aufregend, dachte Ariane und küsste stürmisch zurück.

DANKSAGUNG

Eine Freundin erzählte mir kürzlich, wie sie empfunden hatte, als sie ihre erste große Liebe traf. Sie war damals 15 Jahre alt und ein hübscher, wenn auch sehr unsicherer Teenager gewesen. Dass sich der junge Mann der Nachbarsklasse für sie interessierte, machte sie stolz und glücklich. Mehr noch: Der Rausch der ersten Liebe war so neu und beglückend für beide, dass sie am liebsten ein Buch darüber geschrieben hätten. Sie wollten der ganzen Welt erzählen, wie glücklich sie waren.

Damals glaubten sie noch, ihre Geschichte wäre einzigartig. Ganz so, als hätte noch nie jemand zuvor so tiefe Gefühle für einen anderen Menschen gehegt. Dabei waren es nur sie selbst, die noch niemals zuvor verliebt waren.

Die Wege der beiden Verliebten trennten sich wenige Jahre später und mittlerweile weiß diese Frau aus eigener Erfahrung, dass selbst die größte Liebe endlich sein kann und die erste Liebe gar nicht einmal die größte gewesen sein muss.

Aber Hand aufs Herz: Wissen wir das nicht alle?

Da überrascht es Sie sicher nicht, wenn ich Ihnen verrate, dass die meisten hier erzählten Geschichten wirklich passiert sind. Natürlich nicht immer genau so, wie beschrieben, und nicht immer lief alles gleich von Anfang an glatt. Manchmal gab es Zweifel, manchmal Nebenbuhler und manches Happy End war vielleicht auch nicht von langer Dauer.

Doch was soll's? Träumen und Wünschen wird ja wohl erlaubt sein und – immerhin – einige dieser Geschichten sind genauso ausgegangen, wie sie hier beschrieben wurden.

Ich bedanke mich daher von Herzen bei all denen, die mich an ihren Liebesgeschichten haben teilhaben lassen. Nur deshalb konnte dieses Buch so umfangreich und vielfältig werden.

Es gibt aber auch nichts Schöneres, als in die Augen von Verliebten zu sehen und zu spüren, wie glücklich sie sind! Da ist es dann auch ganz egal, dass es eigentlich nur Hormone sind, die uns so austicken lassen …

Nehmen wir nur einmal das Serotonin. Dieser Botenstoff aus dem Hirnstamm, dessen Name sich aus „Serum" und „tonos" („Spannung") zusammensetzt, sinkt bei Frischverliebten in deren Gehirn und mit Hilfe von weiteren verrücktspielenden Hormonen erzeugt er eine Art Zwangsstörung. Wir kennen das ja alle.

Diese Zwangsstörung ist Gott sei Dank aber nur vorübergehend. Eine dauerhafte Liebe bringt den Serotonin-Haushalt wieder ins Lot.

Bleiben wir aber bei dem, was Paulo Coelho am Anfang dieses Buches sagte, und wenn Liebe ist, was auch Sie lächeln lässt, wenn Sie müde sind, dann hoffe ich, dass Sie bei der Lektüre dieses Buches viel lächeln mussten.

Ich bedanke mich jedenfalls auch sehr herzlich bei Ihnen, dass Sie bis hierhin durchgehalten haben. Vielleicht sehen wir uns zwischen den Seiten eines anderen Buches einmal wieder!

Mai, 2023
Brigitte van Hattem

PS: Nicht alle meine Geschichten beschäftigen sich mit der Liebe und manche enden sogar tödlich. Davon zeugen etliche Bücher, die ich vor diesem herausgebracht habe und die ich Ihnen hier aufgelistet habe (Stand Mai 2023):

- Schabrackenblues: Ein heiterer Frauenroman, mit der Frage: Gibt es ein Leben nach den Wechseljahren? BoD, ISBN 978-3750480667
- Amors Pfeil traf eine Katze. Liebesgeschichten, ISBN: 978-3755711919
- Lebenslänglich – kriminelle Kurzgeschichten, BoD, ISBN 978-3753408866
- Ein Versehen mit Todesfolge, Kurzgeschichten nach wahren Todesfällen, BoD, ISBN 978-3756218783
- Verschieden. Kurzgeschichten nach wahren Todesfällen, ISBN 978-3734721908
- Das Glück ist ein dämliches Grinsen – Kurzgeschichten und Miniaturen, ISBN 978-3982049649 (nur bei Amazon)

- Lesbinas. Ein Episodenroman über lesbisches Leben 50+, BoD, ISBN 978-3756211586
- Tatsächlich … wie Weihnachten, Liebesgeschichten zum Fest, BoD, ISBN 978-3751978651
- Quito und die Galapagosinseln 2020: Ein Reisebericht mit zahlreichen Abbildungen. ISBN 979-8627165837 (nur bei Amazon)
- Schwester Leonie. Ein Arztroman, ISBN 978-1980896845 (nur bei Amazon)
- Bello wird blind. Retinadegeneration und andere Augenerkrankungen beim Hund. ISBN 978-3-9820496-0-1 (nur bei Amazon)

sowie verschiedene medizinische Sachbücher in Zusammenarbeit mit Fachärzten.

Alle Bücher sind auch als E-Book erhältlich.

LESEPROBE:
SCHABRACKENBLUES

Ein heiterer Frauenroman
von Brigitte van Hattem

Dr. Google warf mehrere Adressen aus und alle
genannten Ärzte waren Fachärzte für plastische
und ästhetische Chirurgie. Ich hatte die Qual der
Wahl und entschied mich für einen, der seine Praxis in der Nähe der Schule hat, in der ich arbeite.

Das Wartezimmer der Praxis war so unglaublich
luxuriös eingerichtet, dass ich mich sofort unbehaglich fühlte. Da wartete eine alte, verwelkte
Schabracke in einem aufpolierten Neo-Barock-
Sofa. Sehr passend. Sphärische Klänge ärgerten
meine Ohren. Meeresrauschen aktivierte meine
Blasenfunktion. Wenn ich hier noch eine Weile
hätte warten müssen, wäre das schief gegangen.
Musik, die mich beruhigen soll, regt mich tierisch
auf.

Doch dann kam schon der große Meister
und bat mich in seinen Behandlungsraum. Er roch
nach Zigaretten und ich fragte mich sofort, ob sich
sein Nikotinabusus wohl auf meine Wundheilung
auswirken könnte. Dann schob ich den Gedanken
beiseite und erzählte ihm, dass und warum ich
mir nicht mehr gefalle.

"Ich habe aber nicht den Eindruck, dass es
damit getan ist, dass man mir die Haut nach oben
zieht", erklärte ich meinem aufmerksamen Gegenüber und demonstrierte es gleich, indem ich mir

mit meinen beiden Händen ins Gesicht fasste und meine Hängebäckchen gleichzeitig sowohl nach oben als auch nach außen zog. Ich hatte das zuhause vor dem Spiegel geübt.

"Ja, das bringt nicht viel", bestätigte mir der Chirurg. "Das liegt aber daran, dass man hier an der falschen Stelle ansetzen würde. Schauen Sie einmal." Schwuppdiwupp hatte er eine Fernbedienung in der Hand und zielte mit ihr auf die Wand rechts neben ihm, wo ein Plasmabildschirm hing. Während der Arzt die richtigen Bilder suchte, hatte ich Zeit und Gelegenheit, ihn mir ausgiebig zu betrachten.

Er war schätzungsweise Ende Dreißig, höchstens Anfang Vierzig und sah mir persönlich ein wenig zu gut aus. Ich hatte schon vor dreißig Jahren Mühe gehabt, mir die Aufmerksamkeit von so extrem gutaussehenden Männern zu sichern, daher war ein wenig Skepsis sicher angebracht.

Doc Beauty hatte mittlerweile gefunden, was er mir zeigen wollte. Es waren Vorher-Nachher-Fotos einer Frau meines Alters, der er den Bereich um die Wangenknochen aufgepolstert hatte. Schlagartig hatte Doc Beauty meine Aufmerksamkeit. Die Frau sah auf dem Nachher-Foto wirklich und erkennbar besser aus und das, obwohl sie immer noch eine schwammige Kinnlinie und Hängebäckchen hatte.

Doc Beauty zeigte mir noch zwei weitere Beispiele und erklärte, dass mit dem Alter das

Mittelgesicht abflacht und nach unten rutscht. Aber genau dieser Bereich, der vom seitlichen äußeren Augenwinkel bogenförmig nach innen und unten bis zum seitlichen Nasenflügel verläuft, springe dem Betrachter förmlich ins Auge. Eine Auffüllung mit Eigenfett oder einem künstlich hergestellten Füllstoff bewirke daher eine Verbesserung des Aussehens um fünf bis zehn Jahre, auch wenn sich sonst am Gesicht nicht viel getan hat. Ich war beeindruckt.

Wenn mich aber meine Kinnlinie darüber hinaus stören würde, würde mir Doc Beauty zu einem sogenannten MACS Lifting raten, bei dem Fäden die untere Wangenregion nach oben in Richtung Ohr ziehen.

Auch hierfür hatte der Doc einen Fotobeweis. Er rief die Vorher- und Nachher-Fotos einer etwa Sechzigjährigen auf und zeigte mir, was er bei ihr alles operiert hatte: MACS, Augen- mit Augenbrauenlifting und Mittelgesichtsfüllung. Die Frau sah jetzt tatsächlich gut aus, obwohl ihre weit aufgerissenen Augen auf dem Nachher-Foto ein wenig angsterfüllt wirkten. Es sei sehr schwierig gewesen, diesen Eingriff durchzuführen, plauderte der Doc aus dem Nähkästchen. Die Frau hätte bereits woanders Voroperationen durchführen lassen und er hätte durch dickes Narbengewebe schneiden müssen. Dabei sei leider auch der Worst Case passiert.

Das war ihm vermutlich nur so herausgerutscht, aber bei mir schrillten plötzlich alle

Alarmglocken. "Worst Case?", fragte ich irritiert. Ich unterrichte technisches Englisch, mir war also klar, dass es sich hierbei um den schlimmsten anzunehmenden (Un-)Fall handelte, den Super-Gau. "Was ist denn bei dieser Operation der Worst Case?"

"Nun, die Schließfähigkeit ihres rechten Auges ging verloren", antwortete Doc Beauty, in einem Tonfall, als spräche er über eine lästige kleine Hautirritation.

"Sie kann es nicht mehr aufmachen?", fragte ich zurück.

"Sie kann es nicht mehr zu machen", korrigierte er mich.

Es dauerte ein paar Sekunden, bis sich diese Information in meine sämtlichen relevanten Hirnregionen verteilte.

"Sie kann es nicht mehr zu machen?!?", wiederholte ich ihn. "Ist das reversibel?"

Der Doc schüttelte bedauernd den Kopf.

"Aber man muss seine Augen ab und zu zumachen, sonst trocknen sie aus", stammelte ich.

"Nun ja, sie kann es manuell zu machen", erklärte er mir. "Mit der Hand."

Ich starrte auf die Vorher-Nachher-Fotos seiner bedauernswerten Patientin und stellte mir vor, wie sie abends ins Bett ging und sich mit der Hand ihr Auge zuklappte. Und wie sie morgens ihr Lid wieder zurückschob. Und zwischendurch manuell blinzelte.

"Aber sie sieht gut aus", gab ich zögerlich zu, weil mir sonst nichts Vernünftiges mehr einfiel.

"Ja, aber wie es nun mal so ist", seufzte Doc Beauty und wand sich ein wenig in seinem Chefsessel, "fokussiert sich die Patientin natürlich nur auf das, was schief gelaufen ist. Da muss man als Arzt ganz schön Kindermädchen spielen!"

Jetzt war ich endgültig sprachlos. Natürlich müssen Schönheitspraxen wirtschaftlich arbeitende Unternehmen sein, und natürlich führen sie mit ihren Patienten Verkaufsgespräche. Sie müssen auf die Möglichkeit eines Worst-Case aufmerksam machen, aber sie sollten auch Mitgefühl zeigen. Ich stand auf und verabschiedete mich von Doc Beauty, ich wolle es mir noch einmal überlegen.

Die Dame an der Anmeldung reichte mir einen Kostenvoranschlag zum Abschied: Volumen-aufbau Mittelgesicht und Nasolabialfalten mit Füllstoff, drei bis vier Ampullen á 450 Euro, alternativ Volumenaufbau mit Eigenfett, 1. Sitzung 3.500, jede Folgesitzung 2.000 Euro.

Als ich in den Wagen stieg und nach Hause fuhr, kam Trotz in mir auf. Hormonelle Imbalancen, wie sie bei einer postmenopausalen Frau durchaus normal sind, haben bekanntermaßen oft weitreichende Folgen: Übergewicht, Burnout, Depressionen, Hautprobleme, Infektanfälligkeit, Libidoverlust, Schlafstörungen, später noch Osteoporose und Scheidenatrophie - es gab also genug Fronten, an denen ich noch zu kämpfen

hatte. Was machte es da schon, dass mein Mittelgesicht nach unten gerutscht war?

*Das Buch „Schabrackenblues: Ein heiterer Frauenro-
man" ist unter der ISBN 978-3750480667 überall erhältlich, wo es Bücher gibt.*